詩人　西脇順三郎

その生涯と作品

加藤孝男
太田昌孝

クロスカルチャー出版

目次

はじめに

西脇順三郎は難解な詩人だと思われてきた。しかし、次のような詩はどうであろう。

天気

(覆《くつがへ》された宝石)のやうな朝
何人か戸口にて誰かとささやく
それは神の生誕の日。

この詩のなかにある比喩を難解だなどという人はいないであろう。宝石箱がくつがえされて、飛び散った宝石がきらきらと輝いている朝を連想すればいい。それは感覚でしか捉えられないもので、それが詩なのである。むろん、「神の生誕の日」が、いつ、どこでの話なのかということを考えていくと、この詩が収録された『ambarvalia』（アムバルワリア）という詩集についても知らなければならない。

しかし、この本ではそうした読者の疑問に答えられるように、西脇順三郎という人物の経歴や詩に対する考え方などを分かりやすく解説している。西脇を語るとき、この分かりやすさこそ重要なのである。

長い間、われわれは、この大詩人の存在に手を焼いてきた。あるいは、見て見ぬふりをして通り過ぎてきたのである。あまりにも巨大過ぎて、逆にその全貌が見えにくかったのかもしれない。

谷崎潤一郎、川端康成、三島由紀夫らの名前が、ノーベル文学賞の候補として、世間の注目を集めていた時代に、西脇もその候補者の一人とされてきたのである。ノーベル賞は、発表から五〇年を経てはじめて、その候補者名や選考経過が公表される。西脇が、一九五八（昭和三三）年から毎年のように候補にあがっていたということは、今日、明らかとなっている。その意味で、西脇は、西洋と日本をつないだ特異な詩人であるといっていい。

二〇一四（平成二六）年に、西脇の故郷、小千谷市（新潟県）で、西脇順三郎生誕一二〇年の記念行事が催された。そのシンポジウムの席上で、ある詩人が、西脇の詩は鬱病に効くと発言された。たしかに西脇の詩を読み返してみると、地中海の陽ざしのような明るさがある。さらに、彼の詩は、小さな人間の思惑など、遙かに超越してしまっているのである。現代は、「ウツの時代」などとよくいわれるが、そんな時代だからこそ、西脇順三郎は読み返されるべきだと、私は考える。

この本の共同執筆者である太田昌孝氏は、長年、西脇研究に携わってこられた詩人で、西脇とその故郷、小千谷について多くの論考がある。折しも、二〇一三（平成二五）年の四月から一年間、太田氏と私が、小千谷とロンドンという西脇の精神形成において重要な場所へ赴任することになった。詩人の生誕一二〇年を翌年にひかえて、二人で西脇にゆかりの深い「新潟日報」に、その聖地を訪ねるという連載をすることを約束してわかれた。

私が赴いたロンドンは、この詩人が三年半留学し、最初の奥さんと出会った場所である。そうした西脇の聖地に、短い期間ではあったが、私は『定本　西脇順三郎全集』をもって移り住んだ。

連載は、一四年六月一三日から一五年一〇月二三日まで、約一年半にわたって続いたが、たまたまこの記事に目をとめてくださったクロスカルチャー出版の川角功成氏から、本書をまとめるお話しをいただいたことは、幸いなことであった。ここに記し留めておきたい。

加藤孝男

第1章　西脇順三郎の魂にふれる旅

——少年、青年時代の西脇（故郷・小千谷にて）——

小千谷市内を流れる茶郷川

記念室の神話

書籍や資料、そして雪国の空間を飾っていた数々のオブジェが搬出され、パソコンと木目調の机だけが残された国立長岡高専の研究室でこの原稿を書いている。連載が始まる頃には、古戦場を見下ろす名古屋の女学園で、西脇順三郎の故郷小千谷での日々を愛《いと》おしく思い出しているのかもしれない。

詩人西脇順三郎が人生最期の二六日間を過ごした小千谷は、信濃川が作った河岸段丘の町である。市内の南部に位置する山本山からは越後三山はもとより妙高、黒姫、弥彦の山容が遠望できる。そして小千谷が越後平野の南端に位置する町であることが容易に理解できる。

そんな小千谷における西脇順三郎の聖地とでも呼ぶべき場所が、小千谷市立図書館三階の「西脇順三郎記念室」である。晩年の西脇が帰郷するたびに訪れた「西脇順三郎記念室」は研究者だけではなく、小千谷市内外の西脇ファンにとってもなじみ深い場所である。

西脇はここを訪れるたび、自身が寄贈した洋書を感慨深げに眺めながら、ゆったりした一時を過ごしたという。西脇が記念室開設前に小千谷へ送った蔵書を開き、付箋紙を貼った若き市役所職員が西脇の怒りをかった話も幾星霜を経た今では、美しい「神話」になった。

そして「西脇順三郎記念室」を訪れた者が目を奪われるのが、詩人が寄贈した、洋書の保存状態の良さである。これは開設当時、新人の図書館司書として勤務していた元小千谷市立図書館長、新野弘幸の発案によるものである。新野は西脇寄贈の洋書を永く保存するために、一冊ずつその寸法を測り、業者に中性紙で拵《こしら》えたケースを作らせた。そしてそのケースに蔵書の背表紙をカラーコピーしたものを貼り保存した。三〇余年の月日を経た今でも、ほぼ寄贈当時のままの状態で保存されている「奇跡」は小千谷で生まれ育った新野の、西脇への熱い思いの結晶でもある。

また日本各地で文学館の建設が行われた頃、当然「西脇順三郎文学館」の建設を唱える声も上がった。その頃を振り返って西脇順三郎を偲ぶ会事務局長の小見山昭は、「設備が整った文学館も魅力ですが、西脇の故郷小千谷に対する静謐《せいひつ》な

中性紙のケースに大切に保管されている順三郎寄贈の洋書＝小千谷市の西脇順三郎記念室（撮影・新潟日報文化部）

視線を考えると、この手作りの記念室がふさわしいように思えてきます」と私に話してくれた。

小千谷市民として暮らした三六五日。四季折々の美しさと雪国故の厳しさをほんの少し体験した私だが、「西脇順三郎記念室」が小千谷の人々のささやかではあるが真っすぐな思いで支えられていることをなぜか誇らしく感じている。

太田昌孝

花を摘む少年

茶郷川の瀬音が響く小千谷市平成（旧横町《よこまち》）で西脇順三郎は生まれ、上京するまでの約一八年をこの静かな横町界隈《かいわい》で過ごした。小千谷縮を商う、西脇本家の分家の一つである「西清《にっせい》」の次男として生まれた順三郎は、幼年時代には生家の庭で草花を摘むのが好きな内気で繊細な子どもであった。

順三郎の生家である「西清」は分家とはいえ、小千谷屈指の名家であり、父の寛蔵は小千谷銀行の頭取を務めていた。当時、近隣の人々は憧憬《しょうけい》の念をこめて順三郎のことを「順さま」と呼んでいた。当時を振り返り、順三郎より四歳年下の従弟《いとこ》、横部得三郎（慶應義塾大教授、一八九九〜一九八四年）は「回想の西脇順三郎」のなかで、「一本道を、ある雪の消えかかった春の日、順様を隊長とする少年の一隊が行進していた。（中略）順様は石を拾って土管目がけて投げつけた。カーンという響きが、春の青空に消えた。順様は『これが破壊的精神である』と言った。少年達は喜び勇んで石を投げつけた。土管は破れた」と書いている。内気で繊細だった順三郎も、稚児ヶ原と呼ばれた古戦場まで「遠征」する少年へと成長した。

また西脇は「美しい季節」というエッセーのなかで、少年時代を追想し「わたしの家では男の子のために二幅の天神様のかけ軸をかけて、蝋燭《ろうそく》をつけておがませた。（中略）わたしの家では天神の絵は座敷にかけないで子供部屋か廊下の片すみにかけるのが習わしであった。正月というと天神様が子供の印象として深く残っている」と述べている。

画家で順三郎の甥である西脇正久は、最晩年小千谷に帰郷した順三郎の様子を「叔父は帰郷すると必ずわが家に泊まり、私を相手に深夜まで酒をなめながら、老荘思想からセザンヌに及ぶ壮大でどこへ行き着くともしれない話をとうとうと話してくれたものです。私は明日の勤めが気になってね……」と語ってくれた。

青年、壮年時代にはむしろ自発的に小千谷を遠ざけていた感のある順三郎も老いてからはやはり、自身のなかにある「小千谷」を再発見し、幼時の淡い記憶としばし寄り添おうと努めたのだろうか。小千谷の伝統芸能「巫女爺《みっこんじっさ》」の研究家、故佐藤順一所有の西脇の色紙には「笛の音　ミツコンジサを　おもう日は」（一

順三郎生家の庭跡（現西脇正久氏宅）。手前に見える石垣は往時のままという

九七九年八月）という俳句が認《したた》められている。

東京、ロンドンと彷徨《ほうこう》した詩人の魂の基層には、いつも小千谷の風景があり、生家で摘んだ名も知れぬ草花の、芳《かぐわ》しい香りが漂っていたのだろうか。

太田昌孝

舟陵の学舎

西脇順三郎が学んだ旧制小千谷中学校（現県立小千谷高等学校）は、現在、小千谷市上之山《かみのやま》の「楽集館」が建っている船岡山の一角にあった。旧制小千谷中学校はまず旧制長岡中学校の分校として設立されたが一九〇四（明治三七）年、小千谷中学校として独立した。

「小千谷高等学校六拾年史」によると、順三郎在籍当時の小千谷中学校では一、二年生では英語が週に六時間、三年生から五年生では七時間が充当され、その時間数は「国語及漢文」と称された科目と同時間であった。そんな小千谷中学校在籍当時の順三郎のニックネームは「英語屋」であったという。

過日、この「楽集館」で本年度の「西脇順三郎を偲《しの》ぶ会」総会が行われた。歌誌「コスモス」の歌人であり「西脇順三郎を偲ぶ会」前会長でもある山本清は三階の南側の窓から外を眺めながら「旧制小千谷中学校で学んだ者にとって、この校庭から船岡山の南端に連なる風景はまさに青春そのものです。そう言えば順三郎先生は亡くなる数年前に突然電話をしてきて、小千谷中学校時代に行われた、川口への軍事教練の話をしてくれました」と語ってくれた。

順三郎は自分の実体験や生活を、その詩のなかで明確に語ることを意識的に避けていた詩人であるが、オックスフォード大学留学中に出版した英詩集『SPECTRUM』に収められた『THE APRICOT TEACHER』（新倉俊一訳）のなかで自身の旧制小千谷中学校時代を次のように回想している。

「望遠鏡をのぞけ　その小さい緑のせむしの苔　あれは私の学校時代の写真だ（中略）ああ　あんず　あんず　あんず　先生　あんず先生　詫びあなたは前世紀のやさしい立派なサーベルだった　今あなたを思い出して　この柔らかい望遠鏡で探すのだ　たとえ私の人生が遙か　遠くの地に埋れていても」

「あんず先生」とは小千谷中学校時代の体操教師、原寅治のことである。

留学先のオックスフォードで珍しく自身の感慨を素直に表出させる順三郎の言葉には、旧制小千谷中学校時代の青春への追憶が、望郷の念を象《かたど》るかのように鈍く輝いている。まさに、この歌詞は、西脇の母校に対する真っすぐで純真な想いであふれており、やがて終焉の地に故郷を選ぶことになる運命を予感させると言

故郷小千谷への思いを刻んだ山本山の詩碑

えなくもない。「信濃川静かに流れよ我が歌の尽くるまで……」（西脇順三郎作詞・小千谷高校校歌より）。

太田昌孝

「西脇本家」の蔵

小千谷在住中、二度ほど本町の「西脇本家」の白い壁の前で記念写真のシャッターを押してほしいと頼まれたことがある。そのたび、私は「ここは西脇本家と言って順三郎の生家ではありませんよ」と応答した。小千谷を訪れる順三郎の愛読者や研究者の多くが、本町の西端に位置する豪華な「西脇本家」を順三郎の生家だと思い込んでいる。

この「西脇本家」を中心とする西脇一門について鈴木牧之（一七七〇～一八四二年）は「夜職草《よなべぐさ》」のなかで「当郡中の内にて、当時大鵬の九天に羽うつ如《ごと》き身上の大一番と言すは、小千谷なる西脇某一軒にして」と記載し、江戸末期における「西脇本家」の隆盛ぶりについて紹介している。

さらに、一八五四（安政元）年に生まれた「西脇本家」当主の西脇国三郎（元小千谷町長、小千谷電信局創設者）は商家である西脇一門には珍しく「雲林」「不及斎」と号する越佐を代表する文人でもあった。

順三郎は生前、自分の血統に文学者がいないことを嘆じていたが、実は順三郎が生涯崇敬し、尊重した「西脇本家」に文学者の血が潜んでいたのである。

そして、順三郎のヨーロッパに対する興味関心の母胎となったのが、一八五八（安政五）年に生まれた、先の国三郎の弟、悌二郎である。

悌二郎は創設間もない慶應義塾に学び、福沢諭吉の恩顧を受ける。新潟物産会社東京支店勤務時代には福沢の腹心となり、対露貿易の先駆者としてその名をとどろかせた。

この悌二郎が持ち帰ったと思われる洋書を、小千谷中学在学中の順三郎が、夏休みに蔵にこもって読みあさったことは順三郎自身が後に、懐かしく回想している。

こうして若き順三郎のいまだ見ぬヨーロッパへの、夢の扉は「西脇本家」の蔵のなかで開かれたのである。

小千谷縮の商いに端を発し、銀行業、商社業へと幅広く領域を拡大していった西脇一門の繁栄は、思わぬ形で順三郎の人間形成に大いなる恩恵を与えた。

「英語と絵画にしか興味がなかった」と順三郎みずからが述懐する青年時代、あ

旧制中学時代の順三郎が洋書を読みふけった西脇本家

の「西脇本家」の蔵の薄暗い空間のなかで、ヨーロッパを夢見る順三郎の瞳だけは地中海の朝の宝石のごとく輝いていた。

太田昌孝

深地ケ岨《しんちがはば》

小千谷を代表する風景として、その壮麗さと荒々しさとを併せ持つという意味において、私が真っ先にあげたいのは、信濃川畔の「深地ケ岨」である。JR小千谷駅前から旭橋を渡り、本町界隈《わい》へ向かう時などに「深地ケ岨」は視界をちらりと掠《かす》める風景である。

「深地ケ岨」は河岸段丘の町、小千谷のなかでも奇跡的に残った峻厳《しゅんげん》な崖であると共に、信濃川のささやかな川波が寄せる名勝の地でもある。そのような場所を西脇順三郎は詩集『ambarvalia』（一九三三年）所収の「旅人」で、「汝《なんじ》は汝の村へ帰れ　郷里の崖を祝福せよ　その裸の土は汝の夜明けだ　あけびの実は汝の霊魂の如《ごと》く　夏中ぶらさがつている」という詩行として見事に結晶させている。

私は小千谷に足しげく通う以前、この作品に登場する「崖」を詩作における想像上の風景、もしくは制作年代から考えて、西脇の留学先であるオックスフォード近辺の風景であると考えていた。しかし、一〇年程前に小千谷を訪れた際、市内在住の西脇ファンの男性から「『旅人』に出てくる崖は深地ケ岨の崖に間違いない。あの崖にはあけびも生《な》っていましたよ」と突然告げられた。またその頃、小千谷市立図書館旧応接室には前掲の詩行を書いた西脇自筆の色紙が飾られていたが、それもまた、「旅人」が小千谷と関係の深い作品であることを示唆するのに十分な現実でもあり得た。

私はこの時、西脇と深い親交のあった、民俗学者で歌人の折口信夫（一八八七～一九五三年）が唱えた「現地で実感することの大切さ」を痛感したことを今でも懐かしく思い出す。小千谷在住の西脇ファンおよび関係者にしてみれば、「旅人」の「崖」＝「深地ケ岨」という事実は当然のことであり、留学先で西脇が小千谷を懐かしく思い出し、ごく自然にその視線が故郷へと向けられたと実感していたのである。

現在、「深地ケ岨」の崖の真上には遊歩道が作られ、市民の散歩コースになっている。古くは船改めの番所が置かれ、鉄道敷設前の小千谷における中心的な交通手段であった水運の拠点として栄えた深地は、今、静かにその営みをたたえているかのようだ。

信濃川対岸から見た深地ケ岨（撮影・新潟日報文化部）

そして、西脇順三郎生誕一二〇年（小千谷市政施行六〇周年記念）、「旅人」の詩行を刻んだ詩碑が、「深地ケ岨」の崖上に当たる深地城跡に建立されることが決まった。西脇が終生愛した越後三山を仰ぐこの地に、詩人の故郷への思いを刻んだ詩碑の建立を決めた「西脇順三郎を偲ぶ会」をはじめとする小千谷市民の慧《けい》眼《がん》には驚く他ない。

遠く、イングランドの地から放たれた詩人の視線が、およそ九〇年の時空を超え、永遠の言葉となって、向後《こうご》、故郷小千谷を見守り続けることになるのである。

太田昌孝

従兄・義一郎の私記

二〇〇八年三月、いまだ雪の残る小千谷へ拙著『西脇順三郎と小千谷』を出版するための最後の調査に訪れた私に、思いがけない資料の提供がなされた。この資料は西脇本家の分家の一つ、「西義《にしぎ》」の当主西脇格太郎氏が所蔵する『西脇義一郎日記』（仮称）と呼ばれる私記である。格太郎氏からは「順三郎が留学のために日本を出発した月日が、年譜によってまちまちだが、西脇順三郎という詩人の誕生に極めて大きな意味を持つ留学に関する記述は事実に則して統一すべきではないか」という示唆をいただいた。

『西脇義一郎日記』の筆者、西脇義一郎は、順三郎の従兄《いとこ》（格太郎氏の祖父）に当たり、九歳の年の差があるものの、幼少の頃から仲が良かったと伝えられている。『西脇義一郎日記』の一九二二（大正一一）年七月六日から七月一一日に至る箇所には、順三郎の留学直前における、二人の交友の記録が、克明につづられている。

たとえば、七月六日の項には「今晩、順三郎君（明日横濱出帆渡英）ヲ主賓トシ西新《さいしん》ニテ饗応アリ余モ御馳走ニナル」と記されているが、当時「西新」（西脇本家の分家）は東京に支店を持っていたため、順三郎の歓送会が都内で開かれたのであろうと推測される。しかし、これまでの年譜では、順三郎が七月七日の横浜を出港したという記述はほとんど見当たらない。そこで私は『西脇義一郎日記』の正当性を証明するため、横浜の「日本新聞博物館・新聞ライブラリー」所蔵のマイクロフィルムで、一九二二年七月七日の横浜港出港記録を確認したところ、たしかに北野丸は同日にロンドンへ向け、横浜港を出港していることが分かった。加えて、七月一一日についても北野丸が神戸港を出港している記録を同所で確認した。

さらに、『西脇義一郎日記』の七月一〇日の項には、「午前八時京都驛発列車ニテ順三郎君ヲ案内シテ奈良ニ至ル　奈良ヨリ自動車ニテ春日大社、大佛其他名所ヲ見物シ法隆寺ニ到リ」と記されている。「西新」の人々と共に、東京で順三郎の歓送会を開いた義一郎は、汽車で西下し、順三郎と合流した後、共に奈良を巡っている。この義一郎の行動から、当時の留学が極めて希少なケースがあったこ

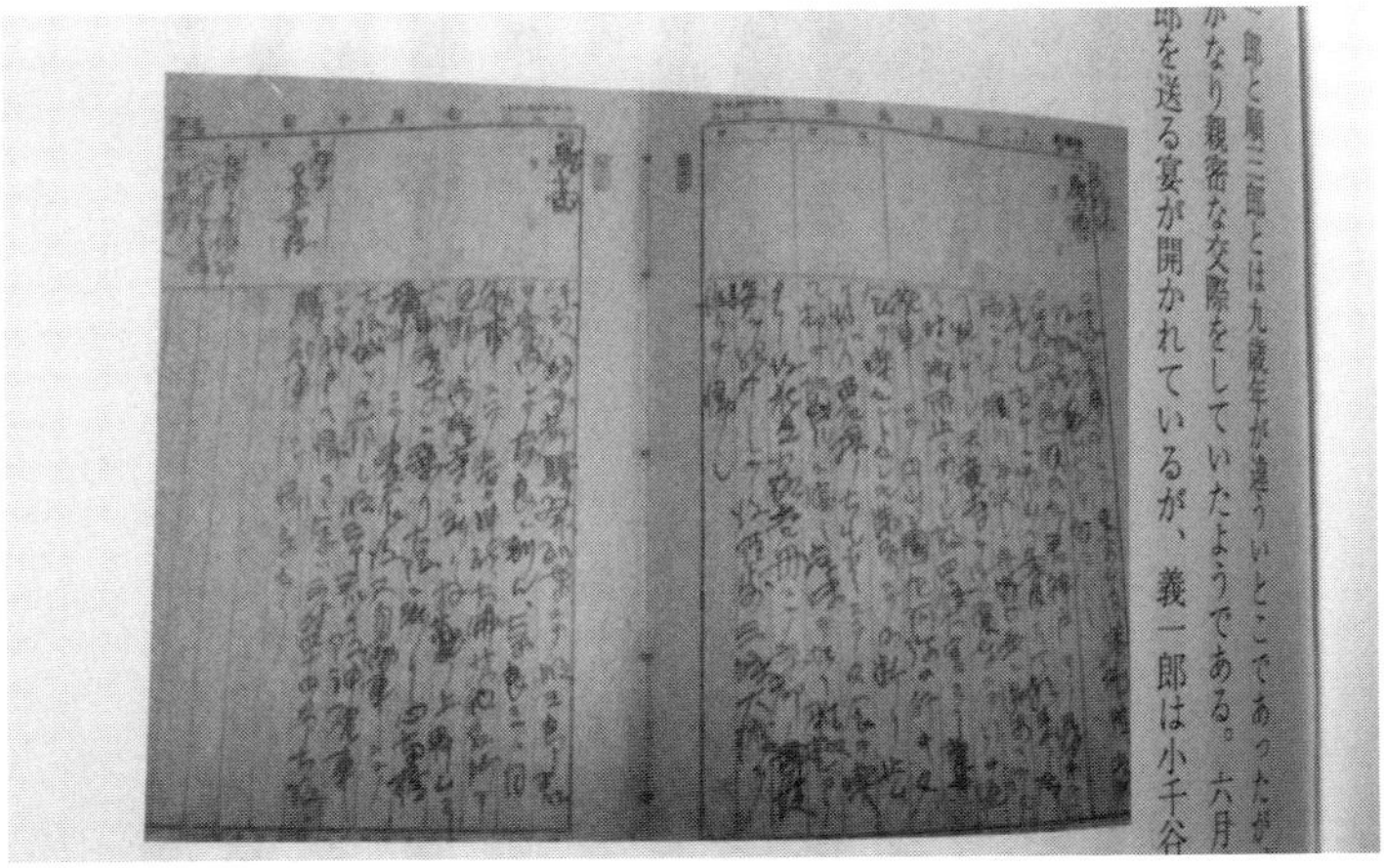

西脇義一郎の日記。７月10日のページの書きだしに「午前八時京都驛発列車ニテ順三郎君の案内―」とある

とが理解できると同時に、その旅が空路に比べて大きな危険をともなうものであったことが分かる。順三郎も「大和の道」という随筆のなかで、義一郎の「君は西洋のことを研究に行くのだが、日本の文化を忘れてはいけないから法隆寺だけでも見ていったらよい」という言葉を引用し、当時を懐かしく振り返っている。

一九二二年七月一一日午前一一時、義一郎に見送られた順三郎はロンドンを目指して神戸港を出港した。

太田昌孝

第2章　西脇順三郎の魂にふれる旅

——英国留学時代の西脇——

マージョリ夫人

風のバラ

西脇順三郎は、イギリスに留学するため神戸から出港した。一九二二（大正一一）年七月一一日のことである。この年、二九歳、慶應義塾大学の教員であった。今日なら在外研究と呼ぶのが一般的だが、一二三年八月号の『三田評論』には、「留学生及視察出張者」のなかに西脇の名が見える。

当時の船旅は、まさに悠長なものであった。寄港した都市に上陸して観光しながら五〇日間の船旅を続けた。西脇の乗った客船、北野丸について、日本郵船歴史博物館の脇屋伯英氏に教えを請うた。横浜から出港した船は、神戸、門司、上海、香港、シンガポール、マラッカ、ペナン、コロンボ、スエズ、ポートサイド、ナポリ、マルセイユの順に寄港しながら、ロンドン港を目指したという。

ここで特筆したいのは、西脇がこの船旅で、エジプトのピラミッドまで足を延ばしていることである。これは新倉俊一氏も『評伝　西脇順三郎』のなかで指摘していることだ。ただ、私が長年謎だったのは、ヨーロッパへ留学するものたちが、どのようにしてピラミッドまで足を運んだのかということだった。たとえば、歌人の斎藤茂吉は、西脇より一年早くヨーロッパ（ドイツ）に留学したが、ピラミッドの前でラクダに乗った写真を撮影している。

今回、こうした疑問に答えるような情報が、脇屋氏から寄せられた。南部兄弟商会という会社が、オプショナルツアーとして「カイロ市観光」を企画していたのである。二九年のパンフレットが発見され、この事実が判明した。船がスエズ運河を通過し、ポートサイドへ向かう二日間を利用している。

西脇がラクダに跨《またが》った写真はいまだ発見されていないが、詩集『ambarvalia』のなかに「風のバラ」という詩がある。その最後のフレーズは、

ピラミッドによりかかり我等《われら》は
世界中で最も美しき黎明《れいめい》の中にねむり込む
その間ラクダ使ひは銀貨の音響に興奮する
なんと柔軟にして滑らかな現実であるよ

というもの。

後半が分かりづらいかもしれないが、早朝に乗ったラクダで、法外な金を要求

順三郎の乗った客船、北野丸（提供・日本郵船歴史博物館）

されたというのだ。客が拒否しようものなら、ラクダから下ろしてもらえず、泣く泣くその金を支払ったのだろう。

留学は夢ばかりではない。このような夢を破る現実が至るところに待ち受けていたのである。

加藤孝男

漱石から二〇年

西脇順三郎がロンドンに到着したのは、一九二三（大正一二）年八月二五日と推定される。日記類が公開されていない順三郎の足取りは霧に包まれている。それより二〇年ほど前にロンドンを訪れた夏目漱石と比較するとよく分かる。

平岡敏夫編『漱石日記』を見ると、「十月二十八日」の日曜に「巴里《パリ》を発し倫《ロン》敦《ドン》に至る。船中風多《おおく》して苦し。晩に倫敦に着す」と記されている。漱石の留学は、一九世紀末、すなわち一九〇〇（明治三三）年のことであった。

日記によれば、パリで一週間ほど過ごして、万博などを見物する。この体験が、後のロンドン嫌いを助長させた。パリに留学先を変えることができないかと、派遣元の文部省にまで打診している。

漱石は、フェリーでドーバー海峡を渡り、ロンドンの南、ニューヘヴンという港から上陸したようだ（荒正人『増補改訂　漱石研究年表』）。

では、順三郎の乗った北野丸は、どの港に着岸したのだろうか。

日本郵船歴史博物館の脇屋伯英氏から提供された一九三九（昭和一四）年版の航路案内が参考となる。船は、ドーバー海峡を渡り、テムズ川を遡上《そじょう》して、エセックスのティルベリー、さらに遡上して、ロンドンの港に着いた。日本人の感覚では、港というものは湾の内部にあるものだが、ロンドン港は、川の内部に作られていて、そんなところに世界でも有数の港があったのである。

今ではその役割を終えたドックランズと呼ばれる旧港の廃墟は、ロンドン・シティ空港を中心として再開発が進む。ロンドンの中心部まで三〇分ほどでアクセスできるのが魅力だ。日本郵船の資料によれば、欧州航路の乗客は、ロイヤル・アルバート埠頭《ふとう》で乗船し、ビクトリア埠頭で下船したという。

実は漱石も二年間の留学を終えて、アルバート埠頭から日本郵船の博多丸で帰国している。途中、ポートサイドで、下宿のおばさんに宛てて、イギリスみたいなところに二度と行くものかと便りを出したと伝えられている。

しかし、順三郎のロンドン体験は、漱石とはいささか趣を異にしている。その違いは二人の滞在した時代の差というよりも、二人の個性の差であり、交友関係の差でもあった。順三郎は、ロンドンで結婚し、その女性を日本に連れて帰った。

1922年８月、イギリスに向かう船上で。後ろから２列目右端が順三郎（神奈川近代文学館「馥郁（ふくいく）タル火夫ヨ—生誕100年西脇順三郎　その詩と絵画」より）

その意味でも彼のロンドン体験は、華やかで魅力に満ちたものといわざるを得ない。

加藤孝男

人形の夢

一九二二（大正一一）年、ロンドンに着いた西脇順三郎は、街の中心部に宿をとった。そのことを、「八月の末に、聖テレザ公園の近くにある古いホテルに移住した。（中略）町に面していたために、朝は馬力の通る音が悲しみを起した」と記している。

ロンドンでの西脇の暮らしを語る時、必ず引用されるのがこの「人形の夢」という文章だ。事実とフィクションとが交錯し、あたかも彼の詩を読んでいるかのような印象にとらわれる。

「聖テレザ公園」は、聖ジェイムズ公園と置き換えて読めと新倉俊一氏はいう。聖ジェイムズ公園は、あの世界的なベストセラー、『ダヴィンチ・コード』（ダン・ブラウン作）の舞台にもなっていて、ウェストミンスター寺院や、ビッグ・ベンも近い。

この文章のなかに「明日も亦《また》天気がよさそうだからマセドンへ一寸《ちょっと》行ってみて

来る」と話す場面がある。マセドンとは、オックスフォード大学のことである。西脇の留学の目的は、この大学で学ぶことであった。ロンドンからオックスフォードへは、電車なら一時間、バスなら一時間半といったところであろう。オックスフォード大学といっても、多くのカレッジの集合体である。この頃、すでにカレッジの数は三〇近くもあって、それぞれが独立した大学運営をしている。学生は、寮生活を送りながら学業を学び、どのカレッジを卒業しても、オックスフォード大学の卒業証書がもらえる。

西脇が留学を予定していたニュー・カレッジは、新しい大学というイメージだが、設立は一三七九年である。映画「ハリー・ポッター」の撮影で、このカレッジの回廊が使われたことは、よく知られている。

さて、西脇であるが、ニュー・カレッジへ入学する手続きに手間どっていた。その間に、宿も転居している。しかし、いつまでたっても大学からの連絡はなく、その年の暮れに、学寮長から今年度の手続きが終了したことを知らせる手紙が届いた（『評伝・西脇順三郎』）。

これは悲劇だ。大学の入学にあわせて、八月の末にやってきた彼は、一年を棒

順三郎が入学に手間どったオックスフォード大学ニュー・カレッジ

に振ったことになる。だが、これは神の采配に違いなかった。もしここですぐにロンドンを離れていたら、英文学者西脇は誕生しても、詩人西脇順三郎は誕生していなかったであろう。人生の光は、皮肉にもこうしたわざわいのなかにさしてくるものなのである。

加藤孝男

ルイスの芸術論

オックスフォード大学への入学を延期せざる得なくなった西脇順三郎は、失意のままロンドンにとどまっていた。この時期、詩人や批評家、新聞記者らと毎晩のように会って、新しい時代の芸術について語り合っていたようだ。

「一九二三年の春、私はロンドンの山手地区ホーンズィ・ライズという坂道の多い山の中に下宿していたとき、コリアがすすめるままにルイスの『Caliph's Design』という芸術論を読みながら、林檎《りんご》と梨の白い花咲くころ歩いたことを憶《おも》う」（『モンキー・ワイフ』序）と記している。

西脇が住んだロンドン北部のこの場所に、たまたま私も住んでいたことがあった。近くには、クラウチ・エンドの廃駅があり、かつての鉄道路線は、今ではパークランド・ウォークという遊歩道になっている。カール・マルクスの墓で有名なハイゲードまで、歩いて一五分程である。西脇の時代には汽車がここを通っていたと思うと、ある種の感慨が去来する。

『Caliph's Design（カーリフス・デザイン）』という芸術論を勧めたジョン・コリアは西脇より八つ年下の二二歳で、二〇歳のとき「バリケィド」という詩集を出版していた。彼を通して、順三郎は、ヨーロッパ芸術の先端的な思想に触れることができた。コリアは、後にアメリカへ移住し、作家として成功をおさめるが、イギリスでは、『緑の思考』や、『モンキー・ワイフ　或《あ》いはチンパンジーとの結婚』（海野厚志訳）などの作者として記憶されている。『モンキー・ワイフ』は、コリアが西脇の英詩から着想を得たといわれる小説で、彼らの交友の深さを物語っている。

ウィンダム・ルイスは、一九一五（大正四）年に雑誌「ブラスト」を刊行し、アメリカから来た詩人エズラ・パウンドらと共に、ヴォーティシズムの運動を展開した。動きのあるイメージを重視したこの抽象芸術運動は、第一次大戦後のモダニズムにつながっていく。

西脇がロンドンへやってきた二二年は、モダニズムの勃興期で、T・S・エリオットの「荒地」や、ジェームズ・ジョイスの『ユリシーズ』が刊行された年でもあった。パウンドによって主導されたイマジズム、ヴォーティシズム、モダニ

クラウチ・エンドの廃駅

ズムは、二〇世紀の初頭を飾り、次第に古い価値観を打破していった。

しかし、その後のパウンドは、はなはだ評判が悪い。イタリアへ移住し、ムッソリーニの思想に共鳴し、戦後は、収容所へ送られてしまう。辛くもアメリカへと生還するが、行き先は精神科病院であった。話は飛躍するが、五八（昭和三三）年以降、ノーベル文学賞の候補となった西脇を、ノーベル委員会に推薦するよう周旋したのもパウンドである。この二人は不思議な縁でつながってはいたが、ついに出会うことはなかった。

加藤孝男

ambarvalia

西脇順三郎は、新しい時代の芸術に鋭敏に反応した。

「私が英国にいた時はすべての芸術も文学も丁度《ちょうど》かわりめであった。ジョイスの『ユリスィーズ』やエリオットの『荒地』が英国で初めて現れた時で、私の少ない知識も美的趣味も根もとからくつがえされた」(『モダニズムの文芸』)と述べている。

英語で詩を書き始めていた西脇は、ロンドンに来る前に書きためた詩を、友人のジョン・コリアに見せたが、時代遅れと一蹴されてしまう。それらはキーツなどの影響を受けた。古いスタイルの書き方であった。

一九世紀初頭に活躍したジョン・キーツは、ロマン派の詩人として知られている。今、ロンドン北部のハムステッドには、キーツの住んだ家が記念館として残っている。彼はここで、隣に住む一九歳の娘に恋をし、婚約までした。だが、結核は、彼の体を次第にむしばんでいた。

「ああ　アテネ風の容《かたち》よ！美しいその姿！森の木枝や／踏みしだかれた草々」（出口保夫訳）。代表作「ギリシャの壺《つぼ》のうた」の一節である。キーツは、ギリシャ壺の絵模様を描くにも、恋人の影を重ねた。

先にも述べたように、時代は、急速に移り変わろうとしていた。西脇が渡英した一九二二年には、古代エジプトに人々の関心が向いていた。ツタンカーメンの墳墓が発掘されたからである。また、ピカソの絵画が、アフリカ芸術と共にしばしば語られた。西脇の信奉するギリシャ芸術は、時代のかなたに置き去りにされていた。

この時代に、西脇の美的趣味は、根もとから覆されたといっていい。ところが、帰国後の三三年、「ambarvalia」が刊行されると、人々は、その詩的世界に驚く。巻頭には「ギリシャ的叙情詩」と呼ばれる一連の詩が置かれていたからである。

（覆《くつがへ》された宝石）のやうな朝
何人か戸口にて誰かとささやく
それは神の生誕の日

冒頭の「天気」という三行詩は、鮮烈な直喩に特徴がある。ところが、（　）

ロンドン北部のハムステッドに立つキーツハウス

の部分は、キーツの詩から引用であると、後に作者自身が語っている（新倉俊一『西脇順三郎全詩引喩集成』）。
詩句の引用は、ヨーロッパにも伝統があり、日本でいえば、さしずめ本歌取りといったところであろう。いったんは封印されたキーツやギリシャ趣味が、新しい時代の文学と混ざり合って、日本の詩壇に一石を投じることになったのである。

加藤孝男

緑の夜明け

ホテル・ローランド。西脇順三郎がこの長期滞在者用のホテルに移ったのは、一九二三（大正一二）年の春のことである。

地下鉄のサウス・ケンジントン駅からオールド・ブロンプトン・ロードを通って、五分ほど歩くとこのホテルが見えてくる。前にも引用した「人形の夢」というエッセーのなかで、西脇は、ブロンプトン・ロードを中心にして、自分の「緑の夜明け」が開けたと述べている。

私も緑の美しい時期にこのホテルを訪ねた。今は、ローランド・ハウスと名前をかえているが、建物はたしかにそこにあった。

このホテルに移った頃の西脇は、新しい芸術に触発され、斬新な詩を多く作ろうとしていた。友人のジョン・コリアに見せると、早速「チャップ・ブック」の編集人ハロルド・モンローに、それらを送ってくれた。

モンローから彼のもとへ返信が届いたのは、六月二三日のことである。今もこのタイプ打ちの書簡が残されている（『馥郁《ふくいく》タル火夫ヨ―西脇順三郎』所収）。モンローは、そのなかで、西脇の詩の特徴を「軽妙な要素（lighter element）と捉え、それがブックに軽みを添えるであろうと記した。

カラフルな装丁の「チャップ・ブック」（三九号）が出版されたのは、予定よりも一年も遅れた二四年のことであった。私もこの本を小千谷市立図書館で、実際に手に取って眺めてみた。T・S・エリオットらと一緒に、J. Nishiwakiの「A Kensington Idyll」（「ケンジントン牧歌」）が印刷されていた。西脇の詩が活字になったのは、おそらくこれがはじめてのことであろう。

この詩は、リラの花の咲く頃、熱をだして寝込んだアトキンソンという男を主人公としている。男は、夢でパレスチナへと旅立つ。その結末で、

悪夢はソロモンの街を探り当て
いびきは旅をするロバである
熱は叙事詩を奏でる弦。それは山や海、ぶどう畑、木陰、噴水などを綴《つづ》って
いる

と結ぶ。

テムズ河畔のピムリコ公園。近くに友人ジョン・コリアが住んでいた

もうここには後の西脇の詩の萌芽《ほうが》が見える。彼の詩はエリオットらと同じレベルに達していたといえる。彼にとっての詩の夜明けが、始まろうとしていたのである。だが、もう一つの夜明けも訪れようとしていた。

マージョリ・ビッドル。イギリス人の画家で、後に西脇の妻となった女性である。実は、このサウス・ケンジントンのホテルで、西脇とマージョリとの恋物語が、ひそかに始まろうとしていたのである。

加藤孝男

カフェ・ロイヤル

ロンドンの中心部にあるピカデリー・サーカスに、カフェ・ロイヤルはある。オスカー・ワイルドなど数々の文人に愛されたこの店は、今も残っている。

西脇順三郎とマージョリ・ビットルとの出会いは、このカフェであった。順三郎が酒を飲みながら文学仲間と議論をたたかわせているときにマージョリが現れた。彼女は順三郎と視線が合った途端、その場に釘づけになったという。

こう記すのは、西脇緑氏である。彼女は順三郎の長男の嫁で、ロンドンに在住している。西脇順三郎を偲《しの》ぶ会が発行する雑誌『幻影』（二〇〇八年五月号）に「西脇順三郎の二人の女神」という文章を書いたことがある。二人の女神とは、順三郎の二人の妻をさし、一人はマージョリ、もう一人はみずからの姑《しゅうとめ》である冴子である。冴子が亡くなったことをマージョリに報告してから、緑氏とマージョリとの文通が始まったという。彼女は、ハンプシャーの田舎で余生を送っていたマージョリに会いに行き、当時の話を聞いている。

順三郎とマージョリの接点は絵画である。順三郎は、若い時代に画家を志望したこともあり、絵画には思い入れがあった。マージョリも、この頃、絵の勉強を始めていた。「マージョリの育ったロンドン近郊シデナムは、シスレーやピサロらの、印象派画家たちが住んだ芸術的な地域であった。そのうえ、彼女が在籍していたというスレード校は、当時の前衛的な画学生が集まる有名な美術学校であった」と緑氏は述べている。

スレード校というのは、ロンドン大学のユニヴァーシティ・カレッジ（UCL）に所属する美術学校である。私は、昨年一年間、ロンドン大学で研究員として過ごした折に、マージョリについての記録を調べたが、彼女がそこに在籍していたというたしかな記録を見つけることはできなかった。しかし、彼女が絵を媒介として、順三郎と結ばれたことは、疑う余地もない。

一九二三年一〇月に、順三郎は予定より一年遅れて、オックスフォード大学に入学した。普通であれば、すぐにオックスフォードに行き、寮生活を送らねばならない。しかし、彼は、それまで住んでいたホテル・ローランドを引き払った形跡がないのである。このことは、神奈川近代文学館の図録『馥郁タル火夫ヨ』の

順三郎とマージョリの出会ったピカデリー・サーカスのカフェ・ロイヤル

なかに、大学の寮主事から受け取った手紙が掲載されている。二四年一月一三日付のこの手紙は、ホテル・ローランド宛てになっているのである。入学から半年もたつのに、いまだロンドンに部屋を借りている必然性は、二人の恋愛事情以外に思い当たらない。

加藤孝男

西海岸の街 オーバン

一九二三（大正一二）年一〇月に、西脇順三郎は、オックスフォード大学へ入学することになっていたが、その直前の七月に、スコットランドを旅している。

イギリスというのは不思議な国で、正式名称は「United Kingdom of Great Britain and Northern Ireland」と表記される。「グレートブリテンおよび北アイルランド連合王国」と訳され、イングランド、スコットランド、ウェールズ、そして北アイルランドという四つの国から成り立っている。このことは二〇一四年のスコットランドの独立住民投票などでも、話題になったことである。

順三郎が、スコットランドを見たいと思ったのは、英文学者としては当然の心理であった。実は夏目漱石も、スコットランドへ赴いている。一九〇二（明治三五）年の秋のことであった。彼は、首都エジンバラのさらに北、ピトロクリまで足を伸ばしている（多胡吉郎『スコットランドの漱石』）。空気の悪いロンドンを離れて、漱石のこころはつかの間、解放されたという。

順三郎は、この時期、マージョリとの恋愛が始まろうとしていたが、旅行に同伴したのは、鈴木重信という友人であった。新倉俊一氏の『評伝　西脇順三郎』によれば、大学の同窓で、三井銀行のロンドン支店に勤めていたらしい。

ロンドンのパンクラス駅から出発して、リバプール、マンチェスター、湖水地方を見物して、カーライルからスコットランドへ入った。世界最初の旅行代理店でもあるトーマス・クック・グループの旅行券をもっていた西脇は、いざとなれば高価なホテルにも泊まることができたのである。

エジンバラでは、バーンズやスティーブンスンらのゆかりの地をめぐり、グラスゴーを経て、西海岸の町、オーバンにたどり着いた。『メモリとヴィジョン』のなかにその時の印象が記されている。「その海岸を走る路はスティーブンスンという小説家の書いた有名な海賊の話『宝島』の一つの場面になったものといわれる。その辺の海は夕日に照らされても蒼白《そうはく》たるもので、あんな海岸の気持ちは初めて味わった」と書き留めている。どこへ行っても、常に文学が念頭にあったのである。

この後、順三郎らは、北の街インバネスをめざす。ここはネス湖やマクベスの

オーバンの町。山の上に見えるのはマッケイグズ・タワー

伝説の城などでも有名だが、どうしてもロンドンに戻らねばならない事情があり、一泊のみの滞在となってしまった。シェークスピアを深く尊敬していた西脇は、ここまで来ながら、伝説のマクベスの城を見ることができなかったことは、そうとうに心残りであったようだ。

加藤孝男

凹型のパラダイス

凹型のパラダイス。一九二三年一〇月、ようやく、オックスフォード大学への入学を果たした西脇順三郎は、英国特有の中庭のある大学をこう表現した。

彼が在籍したのはニュー・カレッジの英語・英文学科であった。英語には自信のあった西脇は、古典を学ぶ学科へ転学しようとして日本へ問い合わせたが、許可が下りなかったようだ。

正規の学生として入学したものの、シニアの学生である彼には試験や論文提出などの義務はなかった。講義といっても先生のところへ出向いて、一対一で教えを請うという方式である。オックスフォードでの大学生活は、予想以上に退屈なものであった。

こうした日常のなかでの唯一の刺激は、後に結婚をするマージョリとの交際である。本来、学生は寮生活を送りながら学業をすることが建前になっていたが、西脇の場合、学寮に籍を置きながらロンドンに部屋を残してあった。

オックスフォード時代の西脇を丹念に調査した工藤美代子氏は『寂しい声　西脇順三郎の生涯』のなかで、「西脇は対外的にはニューカレッジの寮生という立場で勉学を続けながら、別にマージョリと暮らす部屋を確保していたのではないだろうか」と推測する。実はホテル・ローランドの部屋が二人の逢いびき用に使われ、そのため、ロンドンと寮とを頻繁に行き来をする生活であったと想像される。

冬休みにあたる二四年一月一三日に、学寮の主事が、大学の近くにいい部屋があることを手紙で知らせてきた。その文面（『馥郁タル火夫ヨ』所収）を読むと、ボーモント・ストリート二二番の部屋を紹介し、次の学期からは、安心して生活できるだろうと記している。西脇は、学寮主事にいわれるままに引っ越し、一月中旬から始まる学期に備えたに違いない。むろん、マージョリも一緒であった。

「オックスフォードの冬の日は、下宿の暗い二階の室で、まきをたいて、シェイクスピアを読んでいたことが一番の印象で、時々河柳のある水辺を散歩したり、洪水の多い冬の牧場に夕日が落ちて行くのを見て淋しく思った」（『メモリとヴィジョン』）と回想している。西脇の文章からは、同居人マージョリの存在が、一

順三郎がマージョリと暮らした下宿があったボーモント・ストリート 22 番

切排除されている。おそらく自分を派遣した大学への配慮もあったのであろう。

それにしても、大学での生活は、よほど退屈であったらしく、この頃作った詩の一節にも、

Prisoner prisoner I am
(囚人　囚人　私は)
In this concave paradise
(この凹型のパラダイスで)

と、みずからを囚人とつづり、ロンドンでの生活を懐かしんでいるようにも思える。

加藤孝男

鼈甲《べっこう》のような夏

一九二四年七月二五日、西脇順三郎と、マージョリ・ビッドルは結婚した。新倉俊一氏の評伝によれば、披露宴は、ロンドンのブレナム・ロードに住む友人の、奥山義一の家で開かれたという。中庭のようなところで撮った二人の写真が残されているが、マージョリの方が背も大きく見える。

新婚旅行は、ウエスト・サセックス州のセルシーで、二週間過ごした。その折の記憶が、「巻雲《まきぐも》」という詩に書きとどめられていると新倉氏は指摘している。

「やがて／黄色い麦畑／その上にかすかに見える／コバルトの海／車前草《おほばこ》の路／風車のまはる田舎で／鼈甲のやうな夏を／過した」（『あむばるわりあ』）

この詩に描かれた、鼈甲《べっこう》のような夏を探しに、私もセルシーへ出かけてみた。同行してくれたのは、同じロンドン大学の研究員の楠茂樹・美佐子夫妻で、ご夫妻は、ハイエクの研究者であった。たまたま、ロンドンでは、小泉信三の研究もされていて、不思議な縁を感じた。小泉は、後の慶應義塾の塾長で、イギリスをふくむヨーロッパ留学から戻って、すぐに西脇を教えている。

私たちはロンドンから電車で南へ下り、チチェスターという町へ着いた。そこからバスに揺られてセルシーに向かった。ちょうど八月だったので、鼈甲のような夏を見つけられるかもしれないと思った。こうした海辺の田舎町へくると、日本の風景もイギリスの風景もいくぶんも変わらない。潮の香りがして、低木が生い茂っている。時に貝殻で飾った家などが現れた。

おそらく西脇の頃から、明るい日ざしを求めてイギリス人がやってくる保養地だったに違いない。バスを降りて、海をめざした。

眼前に、英仏海峡がひらけると、ワイト島がかすんで見える。鼈甲のような夏とは、得がたく貴重な夏のことであろうか、などと話し合い、この詩に出てくる風車を探さなくてはと思った。砂浜から、風車を探して歩いているうちに、私たちは迷路のような別荘地に迷い込んでしまった。

たまたま家からでてきた白髪の女性に、私が「このあたりに風車（ウインドミル）はありませんか」というと、「食事（ミール）なら五時過ぎにならないとね」と女性は言った。

順三郎が新婚旅行で訪れた往時の姿をとどめて立つ風車＝イギリス・セルシー

内心諦めかけて、傍らの柵から車前草の草地をのぞくと、遠くに風車が見えた。昔は風車が多かったらしいが、今はこの一つのみで、そこは公園になっている。私たちは、風車に向かって歩き、写真を何枚も撮った。

順三郎とマージョリが、この町で過ごした鼈甲のような夏が、一瞬、垣間見えたように思えたのである。

加藤孝男

病める時代

私は大英図書館のリーディング・ルームで一冊の本を手にしたことがあった。それは『SPECTRUM』（スペクトラム）という英詩集である。同じものが小千谷市立図書館に所蔵されているが、西脇順三郎の第一詩集である。大英図書館蔵は、詩集が刊行された時に、寄贈されたものに違いない。

奥書から、ケンジントンのケイム・プレスという出版社で、一九二五年に刊行されたことが分かる。この年は、西脇がマージョリ夫人をともなって、日本へ帰国する年にあたる。

この出版の経緯については、新倉俊一氏の『西脇順三郎　変容の伝統』に詳しい。先にも記したことであるが、オックスフォード時代に、みずからの詩が掲載された「チャップ・ブック」という本が刊行されて、西脇は、英詩に対する自信を深めていた。たまたまロンドンで知り合った郡虎彦（劇作家）の紹介で出版社を知り、自費で刊行したのである。

オックスフォード大学で学んでいた学問に見切りをつけてまで、詩集の刊行に没頭したのは、留学の成果を形あるものとして残しておきたかったからであろう。慶應義塾から派遣された留学生であってみれば、大学を途中放棄するのは、不都合なことのように思われるが、西脇に与えられた使命は、英語に熟達することであった。英語で詩集を刊行できるほどの語学力にあわせ、会話力は、マージョリとの生活のなかで、自然に身についていたのであろう。

二人は、この年の三月、オックスフォードからロンドンに居を移して、帰国までの半年間を文学や絵画の制作に没頭した。その間に、詩集を編集し、出版したのである。この英詩集のなかには、後の日本語詩集の元になるアイデアが多くつまっている。

四五編の詩集の末尾近くに置かれた「The sadness of bottles（ボトルのかなしみ）」という詩を紹介したい。ここには、ロンドンのパブの風景が描かれている。「ボトルが一本あけられた／ノンストップの列車が走る　さらにふかくを／時計が止まった」とある。ロンドンの地下鉄が開通するのは一九世紀で、どの都市よりも早かった。その振動が、作者の郷愁を揺り動かしたのであろう。

順三郎も通ったであろうロンドンのパブ

「Blue tired souls（青く疲れた魂）／A table has four legs（テーブルには四本の脚）／The solitude of all the world（世界中の孤独が）／Drips into the emptied bottle（空のボトルにしたたる）／What a beautiful landscape!（なんと美しい景色だろう！）」

この詩から作者の日本への郷愁が立ちあらわれているような気がする。そういえばこの詩集には「病める時代」というサブタイトルがつけられていた。都市生活を生きるかなしみが、郷愁と入り交じり、独特の世界を醸し出しているのだ。

加藤孝男

シュールレアリスム

『日本のシュールレアリスム（超現実主義）』という本のなかで、澤正宏は、西脇順三郎の帰国と、その後の活動が、日本のシュールレアリスム受容の初期において「大きな事件」であったと述べている。

西脇が、イギリス留学から戻り、『超現実主義詩論』や『シュルレアリスム文学論』などを著して、日本の詩壇を啓発したことをさしている。西脇が帰国する前年の一九二四年に、アンドレ・ブルトンによる「シュルレアリスム宣言」が公にされ、次第にヨーロッパに広まりつつあった。

この動きを、西脇は、ロンドンの古本屋街として有名なチャリング・クロスの外国文学書を扱っている本屋で知ったという。彼は、この古本屋街の常連で、週に一、二度、足を運んでいたと、後に記している。

西脇の言語能力は、英語のみならず、フランス語にも精通しており、英詩集『スペクトラム』の編集と並行して、フランス語の詩集を編むほどであった。今は『定本　西脇順三郎全集Ⅲ』でその全体像を知ることができる。「UNE MONTRE SENTIMENTALE」、すなわち「センチメンタルな時計」がそれだ。全集の別巻には「感情的な時計」として全訳されている。

詩を作るということは、時代感覚に鋭敏になるということである。「シュルレアリスムは一つの新しい憂鬱《ゆううつ》である」とも西脇は述べた。そもそもこの運動は、フロイトの精神分析に影響を受けて、人間の無意識や夢といったものを描くことで、社会にからめとられてしまった意識を解放するところに意義を見いだしている。

その作詩法は、時に、無作為に言葉を連ねていくというような方法によった。しかし、西脇はこうした無意識によりかかった作詩法を批判し、独自な「超現実」の考え方を導いている。西脇が繰り返し述べるのは、人間がもっている習慣化した意識を打ち破り、新たなヴィジョンを描くことであった。そのために、遠く離れたイメージを連結して、詩を作れと言った。

西脇はイギリスに三年半滞在することで、ヨーロッパの先端的な感覚を、身につけていた。一九二五年一〇月初旬、いよいよ帰国の途につくことになる。西脇

ロンドンの中心地、チャリング・クロスの古書街

は、マージョリ夫人をともなって、英仏海峡を渡った。フロイトがロンドンに亡命する一三年前のことである。

仏文詩集を携えて、フランスに渡った西脇は、パリでこの詩集を刊行することを考えたようである。しかし、出版は思うように進まず、その原稿を出版社に託して、マルセイユから船で日本に向かった。帰国の船は、出国の時と同じ北野丸であった。

そして、一一月八日、詩人は、ヨーロッパ最新の文芸思潮を身にまとって、日本に降り立ったのである。

加藤孝男

第3章　西脇順三郎の魂にふれる旅

——東京、小千谷を歩く旅人——

代々木上原の古道

若き詩人ら

ここに一枚の絵がある。西脇マージョリの描く若き詩人たちの肖像である。この絵は、神奈川近代文学館の西脇生誕一〇〇年の図録にも掲載されているが、メンバーは、蜂谷敬、佐藤朔、三浦孝之助、滝口修造、中村喜久夫の五人だ。

この絵が描かれた一九二七（昭和二）年に、日本で最初のシュールレアリスムのアンソロジー『馥郁タル火夫ヨ』が刊行された。

火夫とは、ボイラーマンのことで、馥郁たる香りにつつまれた若き詩人たちを、西脇が比喩的に言ったものだ。マージョリの描いた詩人たちのことである。

一九二五（大正一四）年に英国から帰国した西脇は、翌年、慶應義塾大学文学部の教授として、英文学を講じた。その講義は、「広大な退屈の海で、溺死しそうになった」と、火夫の一人である三浦が語るように、はじめから終わりまで一本調子で、眠りを誘ったという。

だが、講義が終わると、学生たちを誘い、大学近くの喫茶店で文学談義に花を咲かせ、そのまま富士見町の自宅へ彼らを連れて行ったという。現在は、港区南麻布と名を変えているが、天現寺橋の慶應義塾幼稚舎の近くである。

私はこの春、太田昌孝氏、新潟日報の橋本佳周氏らと一緒に、この旧居のあった付近を散策した。街は、大きく様変わりしているが、唯一、近くに次頁の写真のような石柱が残されていた。そこには、たしかに「新富士見　昭和四年十一富士見町会」と彫られてある。かつて、この場所から富士山が見えたのであろう。

この石柱の立った昭和四年一一月に、西脇は、『超現実主義詩論』を刊行している。この本は、シュールレアリスムを日本で最初に論じたものである。その冒頭には「詩を論ずるは神を論ずるに等しく危険である」と述べられ、詩というものが、つまらない現実を「一種独特の興味（不思議な快感）をもつて意識さす一つの方法である」と書かれている。詩人の手によって書かれた本格的な詩論がここに公にされたことになる。

この本の校正と解説を担当した滝口修造は、その後、日本のシューレアリスムの担い手となるが、西脇邸での雑談のなかから「シュルレアリスムの純金の鍵」を手渡されたと語った。舶来仕込みの知識が、若者たちをインスパイアさせ

「新富士見」と地名が読みとれる東京都内の石柱。側面に「昭和四年十一」とある。石柱の右手を少し行った先に順三郎の自宅があった

たのだといえる。
　しかし、この火夫たちをスケッチした西脇の妻、マージョリは、そうした会話に入るでもなく、一人寂しく、ひたすら煙草《たばこ》をふかしていたという。彼女は、来日した翌年から、二科展に毎年絵画を出品するほどの腕前であったが、水を得た魚のように詩の世界で活躍する順三郎との距離は、離れていくばかりであった。日本の現実は、遠く英国からやってきたマージョリにとっては、次第に苛酷な様相を呈していったと言わねばならない。

加藤孝男

宇田川町

西脇順三郎が、マージョリ夫人と離婚したのは、一九三二（昭和七）年のことであった。三〇代が終わろうとしていたその時、彼はみずからが留学したヨーロッパの幻影から放たれるように妻と別れた。

その数カ月後に東京都渋谷区宇田川町に転居して、新しい生活を始めた。当時順三郎の住んでいた六三番地は、今、地図上にはなく、近くにはＮＨＫの放送局が聳《そび》えている。

マージョリと別離した西脇は、その翌年、一冊の詩集を編んだ。『ambarvalia』である。「アムバルワリア」と読む。この詩集は、彼の第三詩集であったが、日本語でのはじめての詩集であった。刊行された三三（昭和八）年は、工藤美代子がいう西脇の「驚異の年」とでもいうべきである。詩集の他に、論評『ヨーロッパ文学』『輪のある世界』、そして翻訳『ヂオイス詩集』が刊行され、三〇代のしめくくりにふさわしい稔《みの》りの年となった。

西脇は、友人の百田宗治のすすめによって、「ギリシア的抒情詩《じょじょう》―カプリの牧人、雨、菫《すみれ》、太陽」を発表していた。この一連が『ambarvalia』の前半を飾ることになる。

「南風は柔い女神をもたらした。／青銅をぬらした、／噴水をぬらした、／ツバメの羽と黄金の毛をぬらした、／潮をぬらし、砂をぬらし、魚をぬらした。／静かに寺院と風呂場と劇場をぬらした、／この静かな柔い女神が／私の舌をぬらした」（「雨」）

「柔い女神」は雨の比喩だ。それが乾いた町並みを潤していく。場所はギリシャでもどこでもよい。印象明瞭で、絵画のようなイメージを、脳のカンバスに描き出すことが重要なのだ。シュールレアリスムの影響を受けた難解な文体をあえて封印して、鮮烈なイメージを開花させたのである。

西脇のギリシャ・ローマへの憧れは、「ambarvalia」というラテン語名にも表れている。これは古い時代のローマの年中行事で、畑を祓《はら》い清める祭のことである。彼が深く敬愛したウォールター・ペイターの「亭楽主義者マリウス」（工藤好美訳）のなかには、この祭の記述があって、ローマ人が「おごそかな行列をつ

離婚後に住んだ東京都渋谷区宇田川町。自宅があった63番地は、現在は地図上には見当たらない

くり、生け贄《にえ》動物をつれて、ぶどう園と麦畑のかわいた小道をすすんでゆく」とある。そうして生け贄の血が流され、畑が清められる。西脇は、この詩集の装丁を血の色にすることで、三〇代の自分と決別した。

　軍靴の音は次第に高く、国家による統制は日増しに強まっていった。左翼とつながりのあるシュールレアリスムそのものが取り締まりの対象となっていった。こうした時代の暗雲のなかで、西脇の詩は、つかの間、ギリシャの青空のような明るさを読むものに与えたのである。

加藤孝男

再婚と朔太郎

西脇順三郎の再婚についてはいくつかの謎がある。全集の年譜によれば、西脇がマージョリと離婚したのは、一九三二（昭和七）年四月二八日で、その四カ月後の八月二八日に、桑山冴子と再婚している。前回も書いた富士見町から宇田川町への転居は、こうした生活上の変化が背景にあったのである。

この間の事情については、あえて触れないことが西脇研究の暗黙のルールとなっている。私の知る限り唯一、西脇家へ嫁いだ西脇緑氏が「父にとって冴子はマージョリに続く次の女神・ミューズなのか。それとも彼が西洋に傾きすぎた振子を戻すべく東洋へ回帰する準備だったのか、はたまた普通の男が普通の家庭を築きたいと思ってとった現実的な措置だったのか―判断しにくいところだ。いずれにせよ私の義理の母となる人間が順三郎を大いに揺さ振ったことは確かである」（「西脇順三郎の二人の女神」）と語っているのが、この間の西脇の心理をよく表現していよう。

緑氏はこの文章のなかで、この三人（順三郎、マージョリ、冴子）が、近所の蕎麦《そば》屋の二階で「けじめの儀式」を行ったと記している。マージョリも、この再婚について納得していたことが分かる。

さて、冴子との新生活が始まった宇田川町に、一人の詩人が訪れるようになった。萩原朔太郎である。「私が渋谷の宇田川に住んでいたころ、暑中、詩人は四時ごろになると、曲がったムギワラのカンカン帽子をアミダにかぶり、ヨレヨレの褐色のチヂミのゆかた姿で私の家に立ち寄り、近所の飲みやでキクマサの樽酒を飲みに誘って下さった」（「萩原朔太郎の魂」）という。

朔太郎は、みずから誘っておきながらあまり喋《しゃべ》らず、西脇はこれを「天才の沈思」と呼んだ。詩の世界では、朔太郎の方がはるかに先輩で、西脇は、英国へ留学する時、朔太郎の『月に吠える』を持参したといわれる。

こうした交友がきっかけで、二人は、互いを論じ合い批評することもあった。朔太郎が「西脇氏は、生活を持たないところの詩人なのだ」（「西脇順三郎氏の詩論」）と語る時、それは人生を漂泊するごとく生きた朔太郎自身のことを語っているようにも思えるのだ。また、朔太郎が「久遠の郷愁を追ひ行く」（「漂泊者の

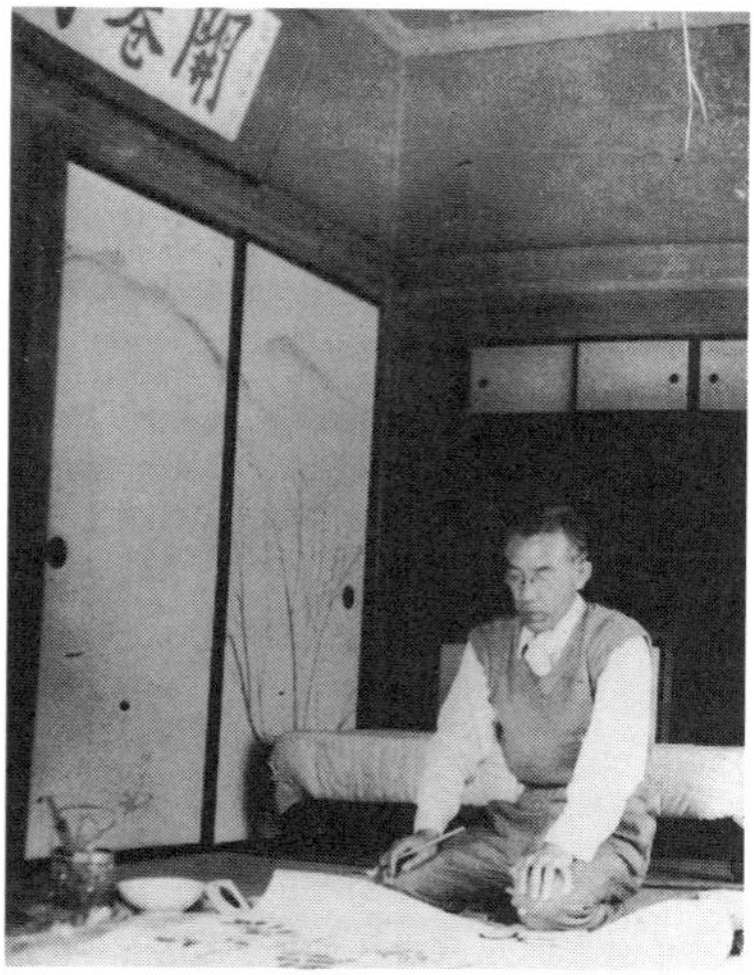

東京・宇田川町の自宅二階で襖（ふすま）絵を描く順三郎（小千谷市立図書館蔵）

歌」）ことに、詩人としての生命を賭《か》けたとすると、西脇は「路ばたに結ぶ草の実に無限な思ひ出の如きものを感じさせる」（『旅人かへらず』）と、永遠や無限を相手にしようとしていた。

日中戦争から太平洋戦争へと続く時代のなかで、朔太郎は、あえなく他界し、西脇は詩作を中断してしまうが、彼らは、等しく、久遠（永遠）とか無限という言葉によって、息詰まるような状況を超えようとしていたことが分かる。

加藤孝男

鎌倉から小千谷へ

一九四二（昭和一七）年四月一八日の「ドーリットル空襲」に端を発する、アメリカ軍による本土襲撃がいよいよ現実味を帯びてきた頃、西脇順三郎は鎌倉材木座への疎開を決意する。鎌倉での生活を如実に物語るのが詩集『旅人かへらず』の「二八」に収められた、「学問もやれず絵もかけず　鎌倉の奥　釈迦堂の坂道を歩く　淋しい夏を過ごした（後略）」という詩である。当時、西脇は試作ではなくゲルマン人の古代について論究した「古代文学序説」を執筆中であったが、疎開先には十分な書物もなく、また絵画創作のための画材も揃《そろ》わない。この詩には当時の西脇が、戦争という外圧により享受しなければならなかった寂寥《せきりょう》感が素直に表現されている。

そして西脇は戦況がますます厳しさを増す四四（昭和一九）年四月、家族を小千谷に疎開させ、同年一二月には自身も小千谷へと赴く。『旅人かへらず』の「一〇四」には往時の西脇を彷彿《ほうふつ》とさせる姿が描かれている。「八月の末にはもうすすきの穂が山々に　銀髪をくしけづる　岩間から黄金にまがる　女郎花我が国土の道しるべ　故郷に旅人は急ぐ」。前妻マージョリをともなっての帰郷を含め、たびたび小千谷に帰っていた西脇だが、一八歳で上京して以来、三三年ぶりの本格的な帰郷である。これは当時、意識的に故郷小千谷に対して精神的な距離を置いていたとも伝えられる西脇にとって、疎開という思いがけない形で果たされた帰郷でもあった。

西脇の疎開に対する心情に関しては『寂しい声　西脇順三郎の生涯』のなかで、工藤美代子が「不興」という語を用いて説明しているが、『旅人かへらず』の「七六」の、「木のぼりして　ベースボールが見られた時代は　よかつたな──」という詩を読むと、「不興」と「郷愁」とが入り混じった西脇の複雑な感興に気づかされる。西脇の従弟《いとこ》に当たる横部得三郎（元慶大教授）は『回想の西脇順三郎』所収の「順様のこと」のなかで、「順様のスポーツは金棒とキャッチボールであったように思う。キャッチボールは横町の通りと玄関の間の桐の木の植った前庭でやっていた」と回想しているが、「七六」は、横部の回想とあわせて読むと、西脇の少年時代の記憶をベースにした詩のようにも感じられる。そして約九

順三郎の疎開先、小千谷市東栄に近い小千谷駅前。往時の建物は現存しない

カ月間にわたる疎開生活において、西脇に故郷の習俗や自然を「再発見」させる大きな要因となったのは、昭和初年以来、交友関係にあった折口信夫の存在であった。

太田昌孝

小千谷の民俗から影響

西脇の生涯を振り返ると、二度の大きなターニングポイントが存在したと私は考えている。一度目は渡英した年にオックスフォード大学への入学が果たせず、約一年間、ジョン・コリアを中心とするロンドン在住のモダニズム詩人たちと深く交遊した一九二二（大正一一）年から二三（大正一二）年であり、二度目は小千谷への疎開を余儀なくされた、四四年から四五年にかけての約九カ月間である。

私自身、四〇回ほど当地を訪れたが、小千谷を深く知れば知るほど、その民俗、伝統、自然が蔵する豊かな魅力に心を打たれた。そして、この小千谷で一八年に及ぶ、青少年時代を過ごした西脇の精神的基層には、ほぼ無自覚的にこの雪深い町が持つ諸要素が滋養のように堆積していったのではないかと考えるようになった。西脇は『旅人かへらず』の「六三」で小千谷の民俗を彷彿《ほうふつ》とさせる詩編を残している。「地獄の業をなす男の　黒き毛のふさふさと額に垂れ　夢みる雨のわびしく待つ　古《いにしえ》の荒神の春は茗荷《みょうが》の畑に」（原文はルビなし）。この作品については『西脇順三郎全詩引喩集成』（新倉俊一）のなかで、「荒神信仰にある地獄冥加と植物の茗荷をかけたもの」という西脇自身が生前に語った言葉を用いて説明されている。

小千谷での聞き取り調査によると昭和五〇年代までは多くの家庭で、「火伏せの神」としての荒神信仰（竈《かまど》神信仰）が盛んに行われていたようである。西脇は疎開中、久しぶりに故郷の「荒神信仰」に代表される民俗に触れ、その経験が『旅人かへらず』に多大な影響を及ぼしたことは明らかである。そして『ambarvalia』で西欧の眩《まぶ》しい光と古代への追憶とを見事な黄金比で編み上げた詩人が疎開を機に、日本的な民俗への接近を見せた背景には折口信夫の存在がある。晩年小千谷を訪れた西脇が稗生《ひう》の山を指さし、「あれは神が降臨する標（ひょう→ひう）の山だ」と語ったが、この言説などは折口の影響を抜いては語れない西脇の姿を鮮明に浮かび上がらせる。

独自の視点から日本の古代を研究した折口と、ゲルマン人の古代研究に研究者としての集大成を求めた西脇。両者の関係は遠いもののように思えるが、山本健吉、井筒俊彦という折口、西脇の傍らで青春時代を過ごした二人が述べているよ

2014年10月、生誕120年を記念して小千谷市日吉町に建てられた順三郎の詩碑

うに、両者の親交は思いの外深いものであった。折口によって掘り起こされた日本民俗への関心が、実は自身のなかでたしかに堆積していたことを、西脇は小千谷での疎開生活においてまさに「再発見」した。そしてこの経験をもとに西脇は「西洋と東洋の融合」という独自の詩的アラベスクを完成させることになるのである。

太田昌孝

柳田国男との交友

『旅人かへらず』の詩編には漢数字で番号が付されているが、その序列は西脇の生涯の時系列と必ずしも一致したものでない。たとえば「鬼百合の咲く古庭の」で始まる（八二）は、「小千谷の生家の庭」を描いた作品であると、『西脇順三郎全詩引喩集成』のなかで明言しているが、続く（八三）は川崎市の影向寺を題材にした作品である。また前回取り上げた（一〇四）は明らかに小千谷へ疎開する西脇の姿を描いた作品である。このように西脇の詩念は自在に小千谷をそして武蔵野を駆け回った。西脇は『旅人かへらず』に納めた一六八編の作品を意図的に生涯の時系列から逸脱させることにより背後にある現実を半ば韜晦《とうかい》しようと考えた。

そうした西脇の企てからすると「のぼりとから調布の方へ　多摩川をのぼる十年の間学問をすてた　都の附近のむさし野や　さがみの国を　欅《けやき》の樹《き》をみながら歩いた　冬も楽しみであつた　あの樹木のまがりや枝ぶりの美しさにみとれて

（四二）」（原文はルビなし）が、どの時期に書かれた作品であるかは判然としない。しかし詩集を貫く「存在の寂しさ」という主調はたしかにこの作品にも通底していると考えてよい。

私は取材のため、三月半ば加藤孝男氏と共に三〇年ぶりに川崎市の登戸を訪ねた。駅前の細い路地を抜け、多摩川の堤に上がってみると、薄《すすき》の揺れる河原も、古びた釣り具屋も昔のままであることに驚かされた。緩やかに蛇行する多摩川の瀬音が、置き忘れられた水墨画のような風景に溶け入る。往時を偲《しの》ぶにはあまりにも変わってしまった、天現寺、宇田川町、代々木上原といった西脇縁《ゆかり》の土地の風景とは異なり、登戸を流れる多摩川堤の風景は私の心の襞《ひだ》に柔らかく懐かしい点描を施した。

また西脇は「こま駅で夏の末　百姓のおばさんから梨を買つた　その女《ひと》は客をよろこばす　つもりで面白いまねをして　笑わせてお礼のかわりをした　この辺に郷土学者がゐないかな　神話の残り淋しき（七八）」と書いているが、先の『西脇順三郎全詩引喩集成』で西脇は「郷土学者」を「柳田国男のこと」と明言している。そうなると「こま駅」は西武線の「高麗駅」ではなく、当時柳田が住

登戸を流れる多摩川

んでいた小田急線の成城学園前駅に近い「狛江駅」ということになろう。当時の西脇が小田急線沿線の「都の附近のむさしの野や　さがみの国（四二）」を徘徊《はいかい》し、この偉大な民俗学者との交友を通して「だいたらぼっち」や「火男《ひょっとこ》」という日本民俗学の世界に興味関心を覚えていたことは、『近代の寓話《ぐうわ》』以降の詩集を正しく読み解くうえで一つの重大なキーワードとなり得るであろう。

太田昌孝

欧州古代の研究

小田急線の成城学園前駅の近くに緑蔭館《りょくいん》ギャラリーはある。ここは、かつて柳田国男の旧居があり、今はその遺族がギャラリーを運営している。西脇順三郎が、一九三四（昭和九）年以降たびたび訪れた場所である。

西脇と柳田との関係は、イギリス留学時代にまで遡《さかのぼ》る。西脇自身が書いている思い出によると「私が柳田先生に初めてお会いする光栄を得たのは大正十一年頃で、それはロンドンであった。いまでは柳田翁という尊称は最大に先生の人格と風貌を語るのであるが、その当時はスマートな貴公子でフランス人のような印象を与えた。その後私は日本に帰ってから、日本の古代研究の学者として、また人生の先生として昭和年間機会のあるごとに成城へお伺いした」（「柳田先生の思い出」）と述べている。

西脇と会った頃の柳田は、国際連盟常設委任統治委員として、ジュネーブにあった。そこからヨーロッパ諸国を旅行し、ロンドンへも立ち寄ったのである。この時期ロンドンでは、社会人類学者のフレイザーがブームで、Ｔ・Ｓ・エリオットが「金枝篇《へん》」の影響から「荒地」を書き上げたほどであった。同じく柳田も、フレイザーの影響から民俗学を構築している。

西脇が、古代研究に手をそめたのは、こうした経緯があった。日中戦争から太平洋戦争へと向かう時期に、他の詩人たちは、翼賛的な詩を発表したが、西脇は深く沈黙を守っていた。この詩的な空白の時期に、ヨーロッパ古代の研究に没頭したのであった。

学位論文ともなった「古代文学序説」が、戦後の四八（昭和二三）年に出版された。古ゲルマン民族の歴史を考察しながら、女神が祀《まつ》られていた時代から武人の時代へと変遷し、軍神が祀られるようになった経緯を述べている。それからキリスト教の説く愛の倫理の時代がやってくる。まさに、この軍神の時代こそ、目前にあった戦争の時代に他ならない。こうしたマスラヲの粗さに対抗する意識を、西脇はひそかに抱いていたのである。この大著の結語には、しきりに「幻影の人」というキーワードがあらわれる。この「幻影の人」は、四七（昭和二二）年に刊行される『旅人かへらず』において、突如、言われたものである。

柳田国男の邸宅があった場所。遺族が建て替え、現在は一部が緑蔭館ギャラリーとなっている＝東京都世田谷区成城6

その冒頭の詩のなかに「ああかけすが鳴いてやかましい／時々この水の中から／花をかざした幻影の人が出る」という一節がある。カケスという鳥に象徴されるのは、戦時下のさまざまな雑音であった。西脇は、マスラヲ的なものに対抗して、タヲヤメの優美さを強調したかったに違いない。

こうした思いが、西脇を古代の女神たちに向かわせた。西脇の民俗学的な研究が、「幻影の人」によって語られるのは、こうした反時代的な意識とどこかで結びついていたからなのだろう。

加藤孝男

折口信夫との接点

先月、長野県飯田市の「柳田國男館」を訪ねた。館内には東京・成城の柳田邸にあった書斎がほぼ完全な形で復元され、往時の時間に戻ったかのような錯覚を楽しんだ。先回、加藤孝男氏が成城の柳田邸を西脇がたびたび、訪問していたことを記していたが、まさに柳田と西脇はこの書斎で民俗について語り、親交を深めたのである。その意味ではこの書斎は西脇にとっての「聖地」の一つである。

そしてもう一人この「聖地」を訪ねたのが折口信夫である。折口は一九二一（大正一〇）年をはじめとする三度の沖縄採訪の旅で、「水」「女」というキーワードを見いだし、それを自身のフォークロア研究の基盤の一つとした。彼は「古代」という観念を媒介として西脇とつながり、互いの領域における古代研究に没頭した。そしてこの折口の沖縄（南島）への興味関心は、柳田が二〇（大正九）年に試みた、南島採訪の旅に触発されたことは言うまでもない。

西脇は随筆『釈迢空』で、「彼の古代人へのあこがれは万葉集の中では満足できなかった。万葉集の歌人たちは文化人であったからであろう。彼の求める古代人というのは原始人の世界であった」と述べ、古代に対する情熱のベクトルが自分と近いことを示唆した。

また「私は長い間迢空に日本の原始民俗について教えを乞うたことがある。彼はいう、『日本だけである民俗というのは価値がない。世界の民俗と共通している点がなければならない。』彼は決して国粋的国士ではなかった。彼はいわゆる国士でさえなかったかも知れない」と述べ、折口の志向の源が極めて自分に近いものがあることを強調した。

折口は晩年、「まれびと」の解釈等を巡り、師である柳田と一定の距離を置いた関係となるが、西脇はそうした人間関係のしがらみに関係なく、二人の偉大な学者の間をまるで衛星のように巡った。五三（昭和二八）年九月、折口は胃がんのため永眠する。

その際西脇が記した「折口先生哀悼の言葉」のなかで、「先生は日本の土俗学研究者として非常に貢献されたのであるがこれはあまり世間に知られていない。この方面では柳田先生の最高弟であると私は思っている」と述べている。

長野県飯田市にある「柳田國男館」。東京・成城にあった書斎を復元したもの

成城の書斎で古代および民俗に関して自説を述べ合った柳田、折口そして西脇。この巨星は遥《はる》かアンドロメダの彼方《かなた》へ消え入った。しかし、こうして復元された書斎の空気に身を置くと、昭和初年から二〇年代にかけての彼らの声が聞こえる。
日本がみずからの足元を確かめなければならない今だからこそ、私たちはこの声を静かに聞くべきであろう。

太田昌孝

「一月の京都」

一九六二（昭和三七）年に、ノーベル文学賞の選考委員であったハリー・マーティンソンが来日したことは、一つのニュースとなった。マーティンソンは、日本人の三人の作家が文学賞の候補にあがっているといい、具体的な名前は明かさなかった。しかし、それが谷崎潤一郎、川端康成、西脇順三郎であることが、後の取材で明らかとなった。三月一二日の「朝日新聞」には、写真入りで三人を掲げ、マーティンソンが、候補者の「日本における地位、影響力などを調査にきたのではないか」と記している。

ノーベル賞の選考経過は、五〇年を経てはじめて公開される。近年、具体的な候補者名や選考の経緯が明らかにされつつある。こうした情報を総合すると、西脇が最初に候補になったのは、五八（昭和三三）年のことで、六〇（昭和三五）年以降も、毎年のように谷崎と並んで候補にあがっている。

西脇が、早くから候補にあげられるようになったのは、アメリカの詩人エズラ・パウンドの力によるところが大きいといわれる。当時、政治的理由によって、パウンドは、アメリカの精神病院へ収容されていた。岩崎良三から送られた日本語訳の『パウンド詩集』（岩崎訳）と、西脇の英詩「January in Kyoto」（「一月の京都」）を読み、感銘を受けて、岩崎へタイプ打ちの書簡を送っている（『生誕一〇〇年西脇順三郎　その詩と絵画』）。

パウンドをいたく感心させた「January in Kyoto」は、詩集『第三の神話』（昭和三一年）に収められた「しゅんらん」という詩を下敷きにしている。京都の北、比叡山の麓の「高野（タカノ）という里のおくの松林」へ春蘭を採りに行く内容の詩である。西脇の描く春蘭は、「生れた瞬間にみる男の子のペニス」のようだという。

「しゅんらん」を翻訳する時、西脇は、内容も欧米向きに大胆に変えてしまっている。二月を一月に変更して、ヤヌスというローマ神話の神を登場させている。ヤヌスは、一月の神であって、日本でいえば、来方神の年神のことである。登場人物たちはゼウスとヘルメスに身をかえて、ごろごろと喉をならす高野川にそって、比叡山麓へ向かう。

「しゅんらん」の詩の舞台の「高野」のあたりにある「一乗寺下り松」。
松林は見当たらなかった。遠景は比叡山＝京都市左京区一乗寺花ノ木町

この詩の舞台を訪ねるため、私は、暑い盛りに高野へやってきた。どこを見ても住宅街で、松林などなかった。国際日本文化研究センターの石川肇研究員に同行してもらい二人で松林を探した。

近くの喫茶店でビールを注文し、「このあたりに松林はありませんか」と尋ねたら、店主が、「松林はないのですが、松なら一本残っています」という。

行ってみると、宮本武蔵が吉岡一門と決闘をした一乗寺下り松であった。この地は京都から近江へ行く街道の要衝の地で、目印に松が植えられるようになったという。住宅街の奥には、比叡山が涼しい顔をしてわれわれを見下ろしていた。

六〇年以上も昔、この地に詩人が遊び、春蘭を摘んだことも、もはや陽炎《かげろう》のように不確かなこととなってしまった。

加藤孝男

三田を去る旅人

一九六二（昭和三七）年一月二七日、慶應義塾大学（三田キャンパス五一八番教室）で、「ヨーロッパ現代文学の背景と日本」と題して、西脇順三郎の最終講義が行われた。当時の朝日新聞「素描欄」によると「『ヨーロッパ現代文学の背景と日本』という題目で、エリオット、ジョイス、ペイターなどの英文学を中心に語りながら、李白の詩や論語、あるいはプラトン、ダンテ、セザンヌ、ゴッホ、などまでとびだし、予定を一時間も超過、二時間近くの長講になった」と記されている。二〇（大正九）年、慶應義塾大学予科教員として教壇に立ってから、四二年が経過し、当時二七歳だった少壮の学者詩人は、すでに古希を迎えようとしていた。

若き日の教え子、井筒俊彦は当時を振り返り、「西脇先生だけは私が心から先生と呼びたくなる、呼ばずにはいられない、本当の先生だった。西脇教授の教室には、溌剌《はつらつ》たる新鮮さがみなぎっていた。（中略）言語学こそ、わが行くべき道、と思い定めるに至ったのは、大学の文学部の教室で西脇教授の講義をじかに聴くようになってからだ」（『回想の西脇順三郎』）と述べている。この井筒の文章からは英国留学でモダニズムの詩と詩論とを学び、先鋭的詩人として活躍していた西脇の、颯爽《さっそう》としてエネルギーに満ちた姿が浮かんでくる。

今私は桶狭間古戦場を見下ろす研究室で、『ＣＤシリーズ　西脇順三郎　最終講義』（慶應義塾大学出版会）を聴きながらこの原稿を書いている。勇猛な惨劇が嘘のように静まり返った古戦場の九月の闇に、西脇の声が反響する。いまだ十分に張りのある声は勇退するには惜しく、ユーモアとウィットとをちりばめた講義には、老いてなお止《や》むことのない文学への情熱が輝いている。西脇が講義の冒頭で、「戦後、ヨーロッパに行く機会はあったけれども、日本を去ることは一瞬であっても惜しいと感じた」という言葉を述べているのには驚かざるを得ないが、『旅人かへらず』以降の詩集を味読してみると、この西脇の言葉は十分に理解することができよう。

最終講義の同年に刊行された詩集『豊饒《ほうじょう》の女神』のなかの「最終講義」に次のような詩行がある。「この恐怖の午後　でも何ごとか自分のことを　言わなけれ

教授時代に順三郎も出入りしていた慶應義塾大学旧図書館＝東京都港区三田（撮影・新良太）

ばならないのだ　何ごとか感謝すべき
だ　いっしょに酒を飲んだ人達の前で
別れの絃琴をひかねばならない　別れ
の花瓶に　追放人のエジプト人の頭が
うつる　この長頭形の白雲の悲しみ」。
みずからの白くなった髪を追放された
エジプト人に喩《たと》え、旅人は三田を去っ
た。しかし、この「追放」こそが新た
な西脇詩学の始まりでもあった。

太田昌孝

芭蕉への共感

西脇順三郎が慶應義塾大学を去ったのは、一九六二（昭和三七）年、六八歳の時である。この前後から詩人の意識にのぼりはじめたのは、江戸の俳人芭蕉であった。

太田昌孝氏は、その著『西脇順三郎論―〈古代〉そして折口信夫―』において、芭蕉への言及は、西脇の日本（東洋）再発見であって、その遠因となるのがふるさと小千谷への疎開であったと述べている。

たしかに、ヨーロッパ的知を身につけたものたちの多くが、日本を再発見して、これまでも新たな知見をくわえてきた。西脇にとっての芭蕉もそれにあたる。しかし、俳句（俳諧）が、ヨーロッパ仕込みの西脇の詩観とまったく異質なものであったかといえば、そうではない。

西脇が留学した時代のイギリスは、詩の改革運動が盛んに行われ、その一つにイマジズムの運動があった。これは、T・E・ヒュームやF・S・フリント、エズラ・パウンドらの運動で、彼らは日本の俳句（俳諧）から大きな啓示を得ていたのである。このイマジズムがモダニズムと地続きで、西脇の享受したヨーロッパには、はじめから日本の匂いが付着していたといわねばならない。

西脇は芭蕉を語るのに、フランス一九世紀の詩人マラルメの言葉を引き合いに出している。「私は実は世捨て人である。そして詩というものは栄誉栄達の観念をなくしたと思われる人々によって構成された一つの社会のもつ栄華のためにつくられるものである」と。この後、西脇は「芭蕉の俳句はこれであった」と続ける。

西脇の芭蕉理解の重要なキーワードは、詩というものが、世間的な利得を離れることによって得られる自由な世界であらねばならないというものであった。これは、和洋の詩人を語りながら、西脇自身のことを語っているのだともいえる。

蝶《てふ》の飛ぶばかり野中の日影かな

西脇はこの芭蕉の句を「野原いっぱいに春の日があたっている。影といえば蝶の飛ぶ影ばかり」（『はせをの芸術』）と解説して、「太陽と影」「蝶と影」という相反する二つの概念が、句のなかで連結されることによって、新しい現実のイメ

「史跡　芭蕉庵跡」の石碑が残る芭蕉稲荷神社。神社を含む一帯が当時は深川と呼ばれており、深川から芭蕉は「奥の細道」の旅に出た＝東京都江東区常盤1

ージが生み出されていると述べている。これは西脇得意の詩の構成理論である。この二つの質の異なる言葉を結び合わせることによって、おかしみが出て、そこに機知の笑いが生じるというのだ。まさに俳諧の本質を突いている。

　木の下《もと》に汁も膾《なます》も桜かな

西脇がたびたび引用した芭蕉の句である。桜の木の下の宴であろうか。散った花びらが器のなかにも入っている。漢詩などでは、ジュンサイの吸い物やスズキのナマスを食べることとは、栄誉を捨てて故郷へ帰ることを意味すると西脇はいう。やはり芭蕉に仮託して、みずからを語っているのである。

西脇が芭蕉について語り出すのが、六〇代の終わりから七〇代にかけてである。もうそこには、ふるさと小千谷の自然が、かすんで見え出していたのかもしれない。

加藤孝男

故郷・小千谷

一九六二（昭和三七）年三月、慶應義塾大学を辞した西脇順三郎は、たびたび故郷小千谷を訪ねるようになった。特に七五（昭和五〇）年以降は、ほぼ毎年帰郷し、故郷の風景を楽しんだ。すでに古希を迎えていた西脇の目に小千谷はどのように映ったのであろうか。

西脇は詩集『宝石の眠り』所収の「すもも」のなかで、小千谷を次のように描いている。「なんらの影響なく　私は橋を渡つて　生れた町の坂を上つた　いまでもザクロが　あの引退した院長の垣根に　咲いているだろうか」。これは信濃川に架かる旭橋を渡り、本町の坂を上る西脇の姿を描いた作品であるが、小千谷在住の医師、中村忠夫氏は自著『西脇順三郎の風土―小千谷を詠んだ詩の数々―』で「引退した院長」に言及し、この「院長」が小千谷総合病院元院長、竹内信蔵氏のことであると指摘している。

この作品からも分かるように、古希を過ぎた西脇の故郷への視線は明らかな変化を見せている。青年・壮年時代の西脇は、小千谷に対して一定の精神的距離を置いていたが、古希を過ぎてからは、故郷の風景や人物を積極的に作品に登場させ、小千谷の地理や文化に明るい読者には比較的容易に、作品の背景やモデルとなった人物が分かるような書き方を用いている。

同じく『宝石の眠り』所収の「まさかり」は、真福寺前の坂での一瞬の出会いを西脇独自の筆致と機知とで捉えた逸品である。「夏の正午　キハダの大木を通つて　左へ曲つて　マツバボタンの咲く石垣について　寺の前を過ぎて　小さな坂を右へ下りて行つた　苦しむ人々の村を通り　一軒の家から　ディラン・トマスに似ている　若い男が出て来た　私の前を歩いていつた　ランニングを着て下駄をはいて　右へ横切つた　近所の知り合いの家に　立ち寄つた『ここの衆　まさかりを貸してくんねえか』　永遠」

ただ単に小千谷の光景を写し取るだけではなく、詩にイロニイ（矛盾）を与えるため、小千谷の日常的な光景にウェールズの国民的詩人、ディラン・トマスを登場させる西脇の想《おも》いの底には、『超現実主義詩論』以来、彼の作品を貫通している「遠いものの連結」による、「真の意味での超現実の創出」という理想が鈍

小千谷市稲荷町から見た冬の市街地

く輝いている。

古希を過ぎ、故郷への視線は柔らかみを帯びたものの、詩作における方法とエスプリは、英国留学時代のままであり、それは終生変わることはなかった。小千谷在住の西脇関係者およびファンと話していると、必ず話題に上るのは小千谷各所で見せた晩年の西脇の言動、そして行動である。彼らは自分だけの西脇を語り、越後の淡麗な酒を飲み干す。「旅人」の私は頭を垂れ、その自慢と憧憬《しょうけい》に満ちた言葉をただ聴くのみである。

太田昌孝

小千谷から未来へ

一九八二（昭和五七）年六月五日、私は詩人、西脇順三郎の訃報を山梨県富士吉田市の友人宅で知った。「西脇さんを悼む　燃えつきた現代詩の巨星　古里で死にたいと帰郷一カ月」（毎日新聞夕刊）。再入学した大学での講義を終え、新宿からバスで富士吉田に到着した私は友人宅の薄暗い座敷でその文字を見つめ、詩人が小千谷を最期の場所として選んだことに深い感銘を覚えた。「モダニズムと小千谷」。西脇は生涯の最終章においても「遠いものの連結」を試みたのである。一年後、大学院に進んだ私は迷わず西脇の詩と詩論を研究テーマに選び、三〇年を経た今でも、その豊饒《ほうじょう》な言葉の世界を前に苦悩する日々を送っている。

小千谷に通い始めて間もない頃、小千谷総合病院七階特別室のドアの前に立ち、西脇が「永劫《えいごう》の旅人」となった瞬間を思い浮かべたことがある。廊下の窓からは雪をかぶった越後三山が見え、その足元を信濃川が静かに流れる。澄んだ早春の大気に包まれた小千谷は深い雪に覆われ、西脇が何度も眺めたであろう河岸段丘の町はひっそりと春を待っていた。

西脇順三郎を偲ぶ会の山本清前会長記憶するところによると、西脇は多くの辞書と共に、「ギリシャ語と漢語の比較研究用のノート」を持ち込み、折に触れそのノートを開けては、気に懸かる語について調べていたという。死の床についても言葉への思いは失われず、詩人は言葉の大地を歩み続けたのである。

さて、西脇順三郎生誕一二〇年を迎えた二〇一四年九月、私は澤正宏氏、諏訪哲史氏らと共に小千谷高校図書室で文芸部員と交流する機会を得た。司書の立恵子さんに案内され、谷高《やこう》の図書室に入ると、そこには西脇の詩集やパネルを集めた「順三郎の世界」が広がり、文芸部員たちが少し緊張した面持ちで旅人の私たちを歓待してくれた。九月の脆弱《ぜいじゃく》な夕日が本の背表紙に溶け、パネルのなかの詩人は含羞《がんしゅう》の笑みを浮かべる……。西脇が故郷小千谷で「永遠」となってから三〇余年、彼の残したポエジーは母校の図書室でたしかに息づいていた。「あたかも郷土の中学を憶《おも》うとき　マムシが出るむし暑い日の　路傍の古《いにしえ》の悲しみのように。　行灯《あんどん》の明《あか》りで宿題の水彩画を　明日の午後の図画の時間に　まにあうために家の庭から切つてきた　薔薇《ばら》を写生して一夜をあかした　なさけない運命

小千谷高校図書室に設けられた順三郎コーナー

よ。」（「郷愁」・詩集『人類』より）。

まだ近くの山に雪が残る国立長岡高専の研究室で書き始めた「聖地をたずねて」も今回が最終章である。ロンドンそして小千谷へと同時に住むことになった私と加藤孝男氏。その数奇な巡り合わせは、西脇順三郎がくれた「宝石のような朝」の始まりでもあった。

太田昌孝

第4章　西脇順三郎の詩の魅力をあじわう

西脇寄贈の洋書（撮影・新潟日報文化部）

『ambarvalia』(アムバルワリア)は、西脇順三郎が日本語で書いた最初の詩集である。日本語で書いたなどと断らねばならないのは、この詩人がすでにロンドン留学中に、『Spectrum』(スペクトラム)という英文詩集を刊行しているからである。その後も、私家版の英文詩集の刊行があり、フランス語の詩集なども企画され、この『ambarvalia』が刊行されたという訳である。西脇、三九歳の時であった。

今日としては、これは遅いスタートと言わねばならない。しかし、西脇にとっては、最初から日本の詩壇など眼中になかったところがあり、たまたま詩人の百田宗次のすすめで「尺牘《せきとく》」という雑誌に、「ギリシア的抒情詩—カプリの牧人、雨、菫、太陽」の一連を発表したのであった。昭和八年二月のことである。この一連は、半年後に刊行される『ambarvalia』の巻頭近くを飾ることになった。

今、手元に『ambarvalia』の初版がある。初版といっても、日本近代文学館から復刻されたものである。ワインレッドの装丁で、縦が、二三センチ、横が一八センチの大判の詩集である。表題の『ambarvalia』の「A」が、大文字の「a」となっている。奥付には、椎の木社発行で、「初刷　三百部」とある。

「ambarvalia」（アムバルワリア）という名前は、ラテン語の穀物祭を意味する。西脇は、日本での詩的な出発を、古代のギリシャ、ローマのようなラテン世界から始めようとしていた。留学の時に船で通った地中海のイメージが詩に凝縮されているのである。出版日は、昭和八年九月二〇日である。

この昭和八年には、今から思えば、暗い時代の幕開けを予感させるできごとが多くある。前年に中国東北部に建国された「満州国」を巡って、日本は孤立を深め、ついに国際連盟を脱退する。その後、日中戦争、そしてアジア・太平洋戦争を引き起こし、国家は次第に滅亡へと傾いていく。

大正末期から流行していたプロレタリア文学も、取り締まりの対象となってい た。昭和八年には、「蟹工船」の作者小林多喜二が、特高警察によって、拷問を受け、虐殺された。この昭和八年は、明らかに日本という近代国家が破綻をしていく兆しを見せた年であった。

そんな時代に刊行された『ambarvalia』には、こうした現実の暗さなど一切描かれず、ラテン的、地中海的な明るさが、ひときわ目をひく。

雨

南風は柔い女神をもたらした。
青銅をぬらした、噴水をぬらした、
ツバメの羽と黄金の毛をぬらした、
潮をぬらし、砂をぬらし、魚をぬらした。
静かに寺院と風呂場と劇場をぬらした、
この静かな柔い女神の行列が
私の舌をぬらした。

西脇の詩のなかでも多くの人に愛されている作品である。まず、「南風」は「なんぷう」と読む。それは「柔風」を連想させる。「柔かい女神」とは、雨をさし、その雨は、降っている地域全体を濡らすのであるが、この詩では、限定的な部分を濡らしていく。「青銅」であり「噴水」であり、「ツバメの羽」である。躍動感溢れるツバメの「黄金の毛」も濡らしているところがいい。

「砂」はさておき、「噴水」や「潮」や「魚」は、はじめから濡れている。濡れているものが濡れるというのは、日常の言葉遣いを微妙にはずしている。そのことが、新たな詩を予感させた。

さらに「寺院」と「風呂場」と「劇場」を、雨が濡らしていく。寺院や劇場は、現代にも存在するが、ここで重要なのは風呂場である。これは、日本的な風呂場ではなく、ローマに残る公衆浴場の廃墟を連想させる。

古代ローマに公衆浴場が発達していたことは有名である。いくつかの浴場の遺跡が残されているが、なかでも、ローマ郊外にあるカラカラ浴場が、日本人などにも、よく知られている。この浴場は、カラカラ帝によって作られたからそう呼ばれている。乾燥した地中海的な風土を連想させる言葉である。

「ギリシア的」といいながら、やはりギリシャよりもローマを連想するのは、こうした言葉に由来する。「ギリシア的抒情詩」というのは、ギリシャ風抒情詩の意味で、岩崎良三は、ギリシャ詩人では、サッポーを連想すると言っている。むろん、風呂は、ギリシャにもその風習があり、それがローマ時代へと引き継がれているのである。

場所は、ローマでもいいし、ギリシャでもいい。場合によっては、南欧の街すべてをイメージしてもいいのであろう。

そして、詩は、「舌」を濡らすことでしめくくられるのである。「女神」と「舌」との交歓は、澤正宏も『西脇順三郎のモダニズム』のなかで、「艶めかしく新鮮である」と捉えている。雫の一つひとつを女神の行列に見立てて、それが私の舌を濡らすというのは、ある意味で滑稽なことでもある。

さて、この詩がその後、作者によって書き換えられたことは、よく知られている。やはりタイトルは「雨」で、戦後に発表されている。

雨

南の風に柔い女神がやって来た
青銅をぬらし噴水をぬらし
燕の腹と黄金の毛をぬらした

潮を抱き砂をなめ魚を飲んだ
ひそかに寺院風呂場劇場をぬらし
この白金の絃琴の乱れの
女神の舌はひそかに
我が舌をぬらした

ここで私の舌を濡らすのは、「女神の行列」ではなく、「女神の舌」なのである。女神の舌と私の舌とが触れあうのであるから、私と女神とは接吻を交わしたことになる。そして雨の形状を琴の弦に見立てて、それがもつれるというのであるから、雨の糸のもつれと、琴の弦の乱れる音とが重なり合って響いてくる。

改作された「雨」は、戦後版『あむばるわりあ』に収録されている。この戦後版というのは、昭和二二年八月に、東京堂から刊行されたものである。詩集の装丁も、『ambarvalia』のような豪華版ではなく、戦後の物資のない時代を象徴するかのような廉価版である。

『ambarvalia』と『あむばるわりあ』の間には、単なる一四年の歳月が横たわっているのみではない。その間に、戦中、敗戦の現実が、厳然として存在するのである。

この二つの詩集は、子細に読み進めていけば、改稿などという次元を超えて、あきらかに二つの異なる詩集であるといわねばならない。詩については、改稿されたものもあれば、新しくくわえられたものもある。

これまで、二つの詩集を巡っては、その改稿を残念がるものもいれば、逆に、改稿後の詩集を評価するものもいる。改稿について、否定的に捉えた一人に鍵谷幸信がいる。彼は『西脇順三郎論』のなかで、「改作改訂は詩人が短期間の中に行ってこそ意味がある。『変る部分』が発展してきた後では慎むべきではないだろうか。ぼくにとってambarvaliaはあくまでambarvaliaでなくてはならず、『あむばるわりあ』であっては困るのだ」と述べている。『あむばるわりあ』の全面否定ともとれる発言である。戦前版を同時代に読んだものたちは、戦後版の改訂を許しがたく感じたのであろう。しかし、戦後版から読み始めたものたちは、複雑な気持ちで戦後版に愛着をしめしている。

「二十数年、私は肌身離さず一巻の『あむばるわりあ』を秘蔵し続けてきた。

知る人もあろう。昭和二二年八月二十日、東京出版の奥付ある瀟洒《しょうしゃ》な百八十五頁の仏蘭西《ふらんす》装本を。うなずいてくれる人もあろう。この定価五十五円也の簡素極る選集が、私にとっては、その後上梓されたいかなる豪華本よりも貴重であり手離しがたいものであることを」と。

塚本邦雄の「さきの世のものがたり　―西脇順三郎」の冒頭であるが、塚本は、貧しい現実を詠《うた》っていた戦後短歌を、イメージの変革によって新しくした人である。そのきっかけとなったのが、戦後版『あむばるわりあ』であった。

三百部限定の戦前版に比べて、戦後版はあきらかに、活字を渇仰した人々に浸透していった。戦後、はじめて西脇の詩集に接した岡井隆は、同時期に出された『旅人かへらず』と『あむばるわりあ』の二冊を、「戦後文学」として享受している（『回想の西脇順三郎』）。

さて、「雨」について見てきたが、こうした詩人による作品の改稿以上に戦後版には、新たな詩も付けくわえられている。

まず、戦前版から引用しよう。

眼

白い波が頭へとびかかってくる七月に
南方の綺麗な町をすぎる。
静かな庭が旅人のために眠つてゐる。
薔薇に砂に水
薔薇に霞む心
石に刻まれた髪
石に刻まれた音
石に刻まれた眼は永遠に開く。

これも、西脇の代表作である。石像の眼は、石に彫刻されているため、永続して開いている。しかし、石像とて、永遠などということはない。あくまでも作者の「永遠」に対する嗜好がここに表現されているのだ。

冒頭から意表をついている。白い波が頭へとびかかるのは、岩場のある波打ち際以外には考えられない。しかし、それは比喩だ。それほど盛んな夏の七月なのである。南方の綺麗な町は、地中海沿いの町であればどこでもよい。そこには、薔薇の咲いた庭があり、その眠るように静かな庭には、石像が置かれている。

その石像に、髪が刻まれ、音が刻まれているという。石に音が刻まれるというのが詩的であるわけだが、少し考えれば、刻まれた人物が楽器をもっているということが分かる。そして、その人物の眼が永遠に開かれている。くっきりと彫り込まれたような実に見事な詩である。

さて、この詩が、戦後版では、どのように変わったのか。新たな詩もくわえられたのである。

眼

Ⅰ

ざくろの花の咲く頃
ある美しい町をすぎる
うす暗い小さい店にアナトル・フランスの
やうな老人が古銭を売つてゐた
表に女神に首があり
裏に麦の穂にひばりのとまる
金貨がないかときいてみた
そんなものはありませんよ

それは何国の造りしものか
夜明けの空の黄金の中から

女神の眼《まなこ》
ひばりの眼《まなこ》
の永却に開かれてゐる
この小さい永劫の世界の
両面に夜明けのしらむ
この夜明けは永劫に去らず
この両面は天と地との現れ
天には女神ありアフロディーテ
夜明けの明星となる
地にはひばりあり春の夜明けの笛
太陽は永遠に来たらんとして来たらず
永遠に光るも地平を越えず
永遠の夜明けの世界
昼と夜との間に生れた蒼白たる
永遠の世界

扁平な小さい立体の世界に
永劫の春永劫の夜明けとどまる
神　女　恋　小鳥の声　穀物　黄金
永劫に去ることなし
この失楽の園を歩む旅人の
よろめく此の失き古銭の思ひに

Ⅱ

白い波が旅人の頭にとびかかる頃
ある南国の美しい古都をすぎる
町のはづれに荒れはてた庭
野ばらに砂のかかる
水に蘆の茎のうつる
此の静かに眠る庭に

刻まれた石の傾《かたむ》く
如何なる古のむつごとのロマンスか
忘らるる
石に霞む心のみ

石に刻む髪のにほひ
石に刻む牧笛の音《ね》
石に刻むえびかづらの色
も今は幽《かすか》なるのみ
ただ
石に刻まれた眼の開き
永劫の夢にうるむ

前半と後半がⅠとⅡとで区切られ、Ⅰは、戦前版にはない。Ⅱは、戦前版が推敲されている。Ⅰが、戦前版にない以上、この詩は、戦後版『あむばるわりあ』

でしか読むことができない。

私は、今でもこの詩を読むたび、西脇順三郎のすごさを感じる。この詩が、西脇の詩のなかだけではなく、人類が創造した詩のなかでも秀逸な出来映えであると思う。

「ざくろの花の咲く頃」というのであるから、初夏である。「ある美しい町」がどこか、それは次の行を読むとおぼろ気ながら分かる。「アナトル・フランス」は、フランス人の作家であるから、やはり南仏あたりであろうか。しかし、ギリシャでもローマでもいい。

日本人にはアナトール・フランスの顔など、なかなか連想できないであろう。写真で見る限り、この作家は、眼光鋭く、髭を生やしている。いわゆる気むずかしい骨董屋のオヤジなのである。

その店に立ち寄った旅人は、一枚の金貨がないか尋ねる。その金貨は、表に女神の像が彫られ、裏に麦の穂にヒバリがとまっているコインである。

「そんなものはありませんよ」と店主は言う。旅人は思うのだ。それはどこの国で作られたものだろうか。そこには夜明けの空の黄金に光のなかで、女神の眼とヒバリの眼が永遠に開かれている金貨である。

その夜明けは、永劫に去ることがない。あの笛を吹く石像と同じように、コインに閉じ込められた世界だから永劫なのだ。この女神は、アフロディーテである。この神は豊饒を司る春の神である。その神に守られて、地の世界では麦の穂がたわむ。そこにはヒバリがさえずり、豊饒を祝福する。こうした収穫の祭典は、この詩集『あむばるわりあ』のメインテーマである。

そもそも「アムバルワリア」という言葉には、穀物祭という意味がある。これは古代ローマの収穫の儀式に由来している。

西脇が愛したウオルター・ペーターの『享楽主義者マリウス』には、この儀式を描いた箇所がある。

「家族だけで行うアンバルワーリアの小さい祭の日がきた。この日そのために組織された大きな僧侶団（Fratres Arvales）が、ローマで国家全体のために祭典を行うように、おのおの家族がそれに属するすべての者の幸福を祈って、お祭りをすることになっていた。定めの時刻になると、すべての仕事をやめ、道具をかたずけて、花環をかける。そして主人も僕《しもべ》もいっしょになって、おごそかな行列をつくり、生け贄の動物をつれて、ぶどう園と麦畑のかわいた小道をすすんでゆく。この動物たちは彼等が「歩いてまわった」土地のあらゆる自然ならびに超自然のけがれをはらい浄めるために、やがてその血を流されることになっている」（工藤好美訳）と。

ペーターは、イギリス、ビクトリア時代の著述家でルネサンスの研究で知られる。オックスフォード大学の研究員をしながら、多くの著述活動をしたのであった。西脇は、若い時代に原書でペーターを読み、強く影響を受けた。『享楽主義者マリウス』は、紀元二世紀ごろのローマを舞台にしている。収穫祭のために、動物を生け贄としたのである。『ambarvalia』のワインレッドの表紙も、こうした浄めの儀式の血のようである。

さて、女神と麦の穂とひばりの彫られたコインであるが、「太陽は永遠に来たらんとして来たらず／永遠に光るも地平を越えず／永遠の夜明けの世界」という。コインはこうした一瞬の夜明けを永遠に閉じ込めた一枚であった。それゆえに、このコインそのものが詩なのである。

「扁平な小さい立体の世界に／永劫の春永劫の夜明けとどまる／神　女　恋

小鳥の声　穀物　黄金／永劫に去ることなし」と詠《うた》っていく。神や女や恋やそうした人のあこがれるものが、このなかに刻まれているのである。

しかし、このコインは、最初から旅人が勝手にイメージしたものである。だから、この店にはない。旅人は、瞬時に幻影のなかで夢見た美しい世界から追われるように、ふたたび旅を続けていく。

戦争であらゆるものが失われてしまった日本人にとって、想像力さえあれば、一篇の詩からでも夢を見ることができたのである。瞬時の世界と永遠との融合は、西脇がもっとも得意とした詩の描き方だといってよい。それは、まさに新古今和歌集が、貴族の凋落のなかで、美の光芒をつづったように、西脇の詩も、戦後の人々には、日本の凋落と重ねられ、理解されたのであったろう。

滅びへの予感と、喪失感の充足が、文学の大きなテーマであるとすると、二つの「アムバルワリア」は、日本の危機をサンドイッチにしている。西脇の詩は、戦前の時代に、地中海的な明るさをもって登場し、戦後に、日本人の喪失感を補うかのようにふたたび、彼らの文学的な渇仰を癒やしたのであった。

次に『近代の寓話』のなかの一篇をとりあげよう。

秋

Ⅰ

灌木について語りたいと思うが
キノコの生えた丸太に腰かけて
考えてる間に
麦の穂や薔薇や菫を入れた
籠にはもう林檎や栗を入れなければならない。
生垣をめぐらす人々は自分の庭の中で
神酒を入れるヒョウタンを磨き始めた。

Ⅱ

タイフーンの吹いていている朝

近所の店へ行って
あの黄色い外国製の鉛筆を買った
扇のように軽い鉛筆だ
あのやわらかい木
けずった木屑を燃やすと
バラモンのにおいがする
門をとじて思うのだ
明朝はもう秋だ

鉛筆の木屑を燃やした時の匂いが、バラモンの匂いと結合されている。バラモンはインドのカースト制の最上位の司祭階級を指すといわれている。その下に、クシャトリア（戦士・王族階級）、ヴァイシャ（庶民階級）、シュードラ（奴隷階級）、パンチャマ（不可触賤民）と呼ばれる階層があって、その最上位なのである。古代のヒンズー教の司祭である。それは抹香などの匂いから連想したのかもしれない。

「灌木」は、低い木のことをいう。それについて語りたいといいながら、丸太に腰掛けて考える。その間に、季節が移っていく。それは「菫」（春）「麦の穂や薔薇」（夏）から「林檎や栗」（秋）という収穫物の変遷でも分かる。

そして「生け垣をめぐらす人々は自分の庭の中で／神酒を入れるヒョウタンを磨き始めた」という。ヒョウタンを収穫し、磨くのは、やはり秋である。神酒は、秋祭の神酒であろう。そして、タイフーン（台風）が出てくる。

Ⅱは、台風が吹いている朝に、外国製の鉛筆を買いに行ったという。そして、その軽い鉛筆からバラモンの匂いを連想する。西脇の頭には、さまざまな思いが交錯しながら、「秋」を導き出している。鉛筆の削り屑を焼いた時のものがなしい匂いから、秋が連想されるのかもしれない。それは落葉を焚く匂いと交錯している。しかし、この詩では、「バラモンのにおい」という比喩が際立っているのだ。

『近代の寓話』は、昭和二八年一〇月、西脇五九歳の時に刊行された。刊行前の九月には、折口信夫が亡くなっている。西脇と折口は、慶應義塾大学の同僚であり、学問的な交流もある。このことは、太田昌孝著『西脇順三郎論―〈古代〉そして折口信夫』に詳しい。

折口が亡くなった時、西脇はこんな風に書いている。「私は原始文化の研究に興味をもっていたので、時々先生の御高説を承り、常に教えを乞うたのであった」（「折口先生哀悼の言葉」）と。二人は、ヨーロッパ的世界と、古代日本というそれぞれの領域を歩みつつ、詩的地平を切り拓こうとしていた知の巨人であった。その方法は、異なってはいたが、折口が古代を民俗学的手法で追求したように、西脇も、戦時中に、「古代文学序説」の執筆に没頭した。

戦争を逃れるかのように、東京を離れた西脇が、鎌倉や郷里小千谷への旅を経ることによって、次第にその考え方も、日本的な世界観に心酔していく。それは、「アムバルワリア」の世界とは隔たった、庶民的な寂しさ（あるいは淋しさ）の世界であった。

この間の経緯を、昭和二三年に刊行された『旅人かへらず』の「はしがき」が語っている。西脇は、自分のなかにひそむ近代人と古代人をはっきりと区分けしながら、さらにもう一人、別の人間がひそんでいると言った。

「これは生命の神秘、宇宙永劫の神秘に属するものか、通常の理知や情念では解決の出来ない割り切れない人間がゐる」と語っている。それを「幻影の人」と呼び、また「永劫の旅人」とも呼んだ。西脇ほど、永劫、または永遠という言葉を好んでつかった詩人も珍しいであろう。

以降、「幻影の人」はこの詩人の世界観をさししめす用語となった。「路ばたに結ぶ草の実に無限な思ひ出の如きものを感じさせるものは、自分の中にひそむこの「幻影の人」のしわざと思はれる」と述べている。郷愁のなかにある永遠性と呼ぶべきものであろう。

戦中から敗戦に至る日本の姿は、西脇にとっては、見るものすべてが無限の淋しさと映っていたに違いない。『旅人かへらず』のなかに、

窓に
うす明りのつく
人の世の淋しき

という短詩がある。こうした短さは、もともと和歌が得意とした世界であった。ヨーロッパ文学の世界から次第にこの詩人の意識は、日常の世界へと降りていっ

た。窓のうす明かりすらも、この詩人にとっては、生きる淋しさを実感させる何かであったのである。

この『旅人かへらず』と同じ時期に出版されたのが、先ほど取り上げた戦後版『あむばるわりあ』であった。これは多くの人が指摘するように、西脇は、『旅人かへらず』を書いたその意識の連続によって、『ambarvalia』の世界を推敲したのである。そうして生まれたのが『あむばるわりあ』であった。その「あとがき」を読むと、実に端的に西脇の詩に対する考え方が表明されている。

その要諦は、物と物との「関係を変化させる」ということである。われわれの暮らす日常の現実は、物事の関係性が固定していると、西脇は言う。たとえば、「机」と「倚子」とは、強い関係性をもっている。また、「母」と「子」とは切っても切れない概念なのである。

こうした関係を断ち切り、「遠きものを近くに置き、近きものを遠くに置く。結合してゐるものを分裂させ、分裂してゐるものを結合する」ことによって、ここにはない何かが生まれる。それがイメージのなかで融合され生み出されるのである。これが、「遠いものの連結」といわれる西脇の詩の理論である。

旅人よ
汝は汝の村へ帰れ
郷里の崖を祝福せよ
その裸の岩は
汝の夜明けだ
あけびの実が
汝の霊魂の如く
夏中
ぶらさがつてゐる

これは『あむばるわりあ』のなかにある詩である。この一見故郷を描き出した詩においても、西脇の詩の理論が冴えている。二つのもの、すなわち、郷里の崖に露出する「裸の岩」と「汝の夜明け」が、そして「あけびの実」と「汝の霊魂」が、詩のなかで連結されている。これらは、「岩」と「夜明け」との関係のごとく、通常は結合され得ないものが、詩のなかで結合されている。

このようにして、関係を変化させることによって、日常のイメージをずらしていくのである。こうしたイメージを変化させることによって、意識は現実を超えていく。これが西脇の「超現実」である。そうした関係性を変化させて、新たな融合を生み出すことで、小さな水車を回すのだという。この「水車の可憐にまはつてゐる世界が私にとつては詩の世界である」という。

西脇はこうした詩の技術を使いながら、しだいに内面の淋しさを詠んでいく。

次は『禮記』の詩である。

坂の夕暮

あのまた
悲しい裸の記憶の塔へ
もどらなければならないのか
黄色い野薔薇の海へ

沈んでゆく光りの指で
そめられた無限の断崖へ
急ぐ人間の足音に耳傾け
なければならないのか
頭をあげて
けやきの葉がおののくのを思い
うなだれて下北《しもきた》の女の夕暮の
ふるさとのひと時のにぎわいを思う
まだ食物を集めなければならないのか
菫色にかげる淡島の坂道で
かすかにかむ柿に残された渋さに
はてしない無常が
舌をかなしく
する

明確とはいわないまでも、西脇の心の底からわき出した思いは、無常という言葉にむかって収斂されている。それは柿を食べた時に舌に残る渋みという形で表現されているのである。味覚においても、詩人の比喩は冴えている。

淡島は、静岡県沼津市の小島である。その夕暮の坂道で柿を食べたことになっている。夕暮の坂道は人生のたそがれをも暗示する。また、人生は記憶の集積としてある。「悲しい裸の記憶の塔へ」というのは、そうした人間の内面に畳まれた生の記憶を言っている。そして、「黄色い野薔薇の海」を描きながらそれが断崖へと移っていく。そこへ急ぐ人間の足音というのは、大いなる落日、すなわち死への急ぎ足のことである。

『禮記』が刊行された昭和四二年は、作者七二歳の時である。けやきの葉のおののきは、作者の心のおののきであろう。下北半島で出会った女や「ふるさとのひと時のにぎわい」などを思っている。遍歴とでもいうべき作者のこころは、記憶のなかをさ迷うのであった。

「まだ食物を集めなければならないのか」は、戦中・戦後の貧しい生活を思い出したのであろう。そうして、作者の心のなかに、柿の渋みのような無常がかなしみのようにわき起こるのである。

作者はこの詩をふくむ『禮記』の詩篇を刊行したのが二月のことであった。この年の九月にはモントリオールの世界詩人会議に招かれて講演をしている。そして、その足でイギリスを再訪しているのである。西脇の文学の出発点ともいうべきロンドンやオックスフォードを再訪して、心は、過去の文学的な交友や学問、そして、最初の妻であるマージョリへと回帰したであろう。ロンドンで出会い、妻として日本に連れてきた女の悲しい記憶がどこかに明滅していたはずである。

西脇はみずからもいうように自分のなかに「近代人と原始人とがゐる」と言ったが、それは、生まれ故郷である小千谷の土俗から離れて、東京やロンドン、オックスフォードで学問をすることで近代人としての意識を身につけていった。こうした土俗と近代との揺れのなかに、西脇の詩が存在したことは、特筆しておかねばならない。

そして、「坂の夕暮」にも表れた無常観について、西脇ほど深く考察した人はいないであろう。その証拠に、無常観は日本文学の専売特許などではなく、ヨーロッパの人々の意識のなかにも存在し、一つの文化となっているということを述べている。ヨーロッパを深く考察し、それを血肉化した西脇だからこそ言うことのできる不変な哲学といってよい。人類に共通な感情を、西脇ほどよく探り得た人はいないのではないだろうか。

加藤孝男

＊　＊　＊

山樝の実

なぜ私はダンテを読みながら
深沢に住む人々の生垣を
徘徊しなければならないのか
追放された魂のように
青黒い尖つた葉と猪の牙のような

とげのある山楂《さんざし》の藪になつている
十月の末のマジェンタ色の実のあの
山楂の実を摘みとつて
蒼白い恋人と秋の夜に捧げる
だけのことだ
なぜ生垣の樹々になる実が
あれ程心をひくものか神々を貫通
する光線のようなものだ
心を分解すればする程心は寂光
の無にむいてしまうのだ
梨色になるイバラの実も
山楂の実もあれ程Romantiqueなものはない
これほど夢のような現実はない
これほど人間から遠いものはない
人間でないものを愛する人間の

秋の髪をかすかに吹きあげる風は
　音もなく流れて去つてしまう

三〇余年前の深沢はマンションが建ち始め、バスの便も良い郊外の静かな住宅地であった。わずかに残る生け垣や農道には西脇が散策した頃の風情が感じられた。

都立園芸高校の木立を楽しみながら、玉川郵便局まで歩き、冬には民家の屋根越しに見える小さな富士を眺めるのが私のささやかな楽しみだった。昭和二〇年代の深沢を散策した西脇も、この小さな富士を眺めたかと思うと、急に親近感が湧いたものだ。

深沢在住の詩人、安部宙之介の書斎には「言葉はシンボルだ　シンボルは淋しい」と書かれた西脇の朱色の色紙が飾られ、その下で私と安部さんは「山樝の実」について語り合った（現在、この色紙は私の研究室にある）。安部さんが鬼籍に入って三〇年以上になるが、黄色いリキュールに野草を浮かべながら「ダンテ、生垣、徘徊」という現実では結びつかない詩語が、西脇詩のなかではあたかも銅板のレリーフのようにたしかに生き延びている不思議について語ったことを鮮明に覚えている。

故郷を追われ、徘徊したダンテを自身の姿に重ねながら深沢を歩く西脇。草の実や種を「人間から遠いもの」として崇敬し、「人間でないものを愛する人間」を追い求める。その先にある「寂光の無」とは、バベルの塔以前の言葉を持たない無垢な人間であろうか。「光線に貫通される神々」の存在とあわせてこれらの詩行を見つめると、そこに浮かぶのは西脇が生涯あこがれ続けた「古代」への思慕と「永遠」への想いである。

西脇詩は伊藤勲氏が言うように、読む者に「アタラクシア」（魂の平安）をもたらすものである。私自身も二〇代の初め、深沢を徘徊しながら、わずかに残る生垣に咲く実や花を愛で、「人間の存在の根本的なつまらなさ」（『超現実主義詩論』）を実感したものだ。そしてそのつまらなさを慰安し、アタラクシアへと私を誘ったものは西脇が説く「古代」への憧憬と「永遠」への深い思索であった。

まさかり

夏の正午
キハダの大木の下を通つて
左へ曲がつて
マツバボタンの咲く石垣について
寺の前を過ぎて
小さな坂を右へ下りて行つた
苦しむ人々の村を通り
一軒の家から
ディラン・トマスに似ている
若い男が出て来た
私の前を歩いていつた
ランニングを着て下駄をはいて
右へ横切つた

近所の知り合いの家に
立ち寄つた
「ここの衆
　まさかりを貸してくんねえか」
永遠

茶郷川沿いにある通称「さらし屋」は、縮の里小千谷を代表する建物として貴重な遺産の一つである。小千谷在住時の初夏、この界隈を歩いたことがあるが、「ディラン・トマスに似ている若い男が出て来た」とされる真福寺前の坂は、河岸段丘の町小千谷を代表するやや勾配が急な坂である。小千谷にはよく見られる平凡な坂も、西脇の視界に捉えられ、その脳髄を通過した途端に、「抜き差しならない坂」へと変貌する。

現実では併存することがない、遠い関係にあるウェールズの詩人、ディラン・トマス（似ている男）を夏の正午の真福寺前の坂に登場させるだけでも、読者は脳髄を射止められるが、その男がランニングシャツに下駄ばきで西脇の前を横切る。この唐突さは、詩集『ambarvalia』に収められた「ギリシャ的抒情詩」の絵画を詩で表したかのような鮮烈なイメージの世界の創出に端を発する西脇詩最大の魅力である。

またディラン・トマスに似た男を見出した西脇の視覚は、小千谷の言葉を受け入れる聴覚へと移行し、やがて「永遠」という詩語により時の流れのなかにクリップされる。この感覚の移行もまた西脇詩の魅力の一つと言ってよいだろう。

現代詩が難解な詩語を用い、極めて個人的で普遍性のない世界を描くがあまりに読者を失い、袋小路に迷い込んでしまったという感が否めない今、西脇詩が創出する新鮮で刺激的なイメージの世界は、読者を詩のあるべき原点へと回帰させてくれる力を持っているのではないだろうか。

アポカリプス

ああ

生物は永遠の中に生れ
永遠の中で死んでいく
ただそれだけであると
いうことは
人間の唯一の栄光で
生物の唯一の哀愁だ
永遠は瞬間の中にしか
啓示されないと意識するとき
黄色い水仙をつむ指先が
ふるえる
野原には
無色の鶏が歩いている
モロフの杏の花も
おののく

この青ざめた
コンクリートの野原を
さまよう脳髄の戦慄は
生物の宿命の哀愁だ

すべての女の顔は
椎のドングリに
ほそながく写つて
また露に消されている
すべての吹く風は
髑骨にかすかに残るだけだ
人間の野原の歴史は
なまぬるい
石の夜明けだ
アポコペ

「西脇順三郎はどの宗教を信じていたのか？」時折、受ける質問だが、もちろん正解はない。『ambarvalia』・『超現実主義詩論』・『古代文学序説』の時代にはキリスト教、ユダヤ教、あるいは古代ギリシャの神々への直接的な憧憬すら感じさせる詩念や表現に出くわすことがあるが、これらの神や女神はあくまでも西脇の作品を構築し、それに連動して西脇作品に後背効果を与えるある種の装置とでも呼ぶべきものであろう。西脇の若い感性とイマジネーションは、特定の宗教に凌駕されることはなく、自在に複数の宗教的空間を巡ったと言ってよい。

それが『旅人かへらず』後半に至ると、「永劫」「曼陀羅」「路傍の寺」という詩語から、当然の如く仏教の香気を感じとることができる。特に詩集巻末の「曼陀羅」という詩語の頻出は驚きに値するものであり、従来の解釈では当麻寺がこれらの作品の背景にあるとされてきた。折口信夫との関係から考えると、それも興味深い解釈ではあるが、私自身は当麻寺と限定するよりも、「渡し」という詩語から、川崎市宮前区の影向寺近くに存在した多摩川の幾つもの「渡し」を連想することも、強ち誤釈ではないだろうと考えている。私はむしろどちらかの土地に限定するより、當麻の里と多摩川沿いの風景のダブルイメージとしてこの作品を感受したいという欲求に駈られるのである。

さて、前置きが長くなったが、詩集『人類』所収の「アポカリポス」の冒頭には、西脇がこれまでに詩の滋養として取り込んできたさまざまな宗教の世界を貫通しつつ、なお一切の宗教思想的装飾を削ぎ落としたかのような、西脇の純粋な生物（人間）観が語られていて興味深い。

「ああ　生物は永遠の中に生れ　永遠の中で死んでいく　ただそれだけであると　いうことは　人間の唯一の栄光で　生物の唯一の哀愁だ」。栄光であり哀愁でもある人間（生物）の生の営みの本質と、永遠の流れに取り込まれるという意味での死からは、誰も逃れることはできない。それ故、「人間の存在の現実それ自身はつまらない」（『超現実主義詩論』）とも言えるのであり、またその「逃れられない現実」（人間及び生物の生の有限性）こそが人間に哀愁という至高の美の境地を感じさせる絶対的な要素でもある。西脇の吐く枯淡の絶対値に貫かれた想いの前で私などはうなだれるしかない。初期の西脇詩に解釈と意味とを求め、猛烈な挫折を経験した読者も、最後の詩集『人類』に織り込まれた無駄のない凛とした詩念には、ある意味での平安を感じるであろう。

「永遠は瞬間の中にしか　啓示されないと意識するとき　黄色い水仙をつむ指先が　ふるえる」。人間のある瞬間に永遠を感じさせる存在こそ、西脇が生涯をかけて追い求めた「幻影の人」（永劫の旅人）である。『amvarvalia』に端を発し、『古代文学序説』において表出した「幻影の人」は『旅人かへらず』の流れを歩み、ついに『人類』においても、その存在をはっきり認めることができる。西脇の詩作の中心にある指針としての「幻影の人」はたゆたいながらも、決して失われることなく、八八年の生涯を貫くのである。

人間存在の原点を脅かす「青ざめたコンクリート」に象徴される現代文明のなかでも、人間の「脳髄の戦慄」は避けては通れない「宿命」であり、「哀愁」でもある。この西脇の想いは、常に人間から遠いものを信じたいという叫びにも似たニヒリズムの発露でもある。

八〇歳を超え、なお彷徨える詩人のポエジーは諦念にも似た境地を行く。その唇に「アポコペ」（尾音消滅）という聞こえない音を携えて……。

えてるにたす

Ｉ

シムボルはさびしい
言葉はシムボルだ
言葉を使うと
脳髄がシムボル色になつて
永遠の方へ傾く
シムボルのない季節にもどろう
こわれたガラスのくもりで
考えなければならない
コンクリートのかけらの中で
秋のような女の顔をみつけ
なければならない季節へ

存在はみな反射のゆらめきの
世界へ
寺院の鐘は水の中に鳴り
逆さの尖塔に
うぐいが走り
ひつじぐさが花咲く
雲の野原が
静かに動いている
（後略）

音声化あるいは文字化され、シムボルと成り果てた「言葉」はこのうえなくさびしい存在である。そのような「言葉」に寄り添わねば生きられない人間の脳髄は常にシムボル色であり、「永遠」という名の流れにやがて飲みこまれてしまう。これは詩学というよりほぼ哲学に近く、またこの思惟は西脇自身の脳髄の苦悶の形であり、詩人を孤高へと誘う冷徹な魅力を帯びたマニュフェストでもある。

「シムボルのない季節（言葉のない季節）にもどろう」とは、人間がみずからのイマジネーションと感覚のみで世界を捉え、余計な観念や価値観から離れた真に無垢な精神状態を希求する西脇の心の呟きである。「こわれたガラスのくもり」のような、何の価値も持たないありふれた日常の断面のようなものこそ、実は真実を写す唯一なものだとする西脇の思念の中心には、いつも名利栄達から遠く離れた世界を思慕する純粋な視線が光る。

西脇詩は難解であり、深い教養に象られた崇高な詩であるという評価は、実は西脇詩の全体像を把持した批評ではない。戦後の日本人が求めた「豊かさと等しさ」は合理的で自己完結的な社会を作り出し、人々は経済的に安定した生活を獲得した。それは否定されるべきものではない。しかし、この進歩的な科学至上の合理主義は言い換えれば「結果」（成果）のみを求めようという偏狭な思考でもある。つまり西脇の何物をも求めないという「空」で原初的な思考が、戦後の世界が目指したものとは大きく異なる方向性を持ったため、現代人の感性や理解のアンテナに触れなかったのである。

そのような西脇にとって芭蕉は自身の想いを語るうえにおいて恰好の代弁者で

あった。芭蕉を名利栄達から遠く離れた聖人であり、真の風流人でもあると考えた西脇は特に一九六〇年以降、「芭蕉論」を立て続けに発表する。この作品にも「存在はみな反射のゆらめきの　世界へ　寺院の鐘は水の中になり　さかさの尖塔に　うぐいが走り」の箇所に、芭蕉の「月いづく鐘は沈める海の底」(『奥の細道』・元禄二年・敦賀金ケ崎)が少し変容を加えた形で引用されている。南北朝時代、足利軍との戦いに敗れた新田義顕は陣鐘を海に沈め、二〇歳で自害して果てた。後の国守が海士に潜らせたが、陣鐘は竜頭の部分が海底に刺さり、引き上げることができなかった。この句はこうした伝説を聴いた芭蕉が雨で見えない月と、海底深く沈んで聴くことができない鐘とをつきあわせることで、淋しい金ケ崎の風情を詠もうとしたものとして名高い。

西脇の認識では、「反射のゆらめきの世界」のなかに物象の存在が有り、竜頭を下にして海底に沈む陣鐘の「逆さ」のイメージも、うぐいが走る「さかさの尖塔」も自身のポエジーの拠り所となり得る確かな詩材である。また「シンボルはさびしい」という言葉を駆使して自己の世界を創出しなければならないある種の業のような矛盾に身を置かねばならない自分の「存在の淋しさ」を認めながら、西脇特有の「寂滅のポエジー」へと読む者を誘い込もうとする企てがこれらの詩行に潜んでいる。

西脇詩の魅力の一つはこの作品に表現されているような、物象や風景に対する「ずらし」の視線である。ずらして見る（感じる）ことにより、平板で日常的な習慣の世界から逃れ、そこに見えてくるものから本質を探り出す。その意識は例えば、サルバドール・ダリやマックス・エルンストが「夢」を描きながらもその背景に人間の深層心理を求めたような人間探求に対する飽くなき意思が存在する。西脇の諧謔やユーモアの基層には人間探求の深い眼差しが潜んでいることに気づいた読者は逃れられない西脇詩学の反転地に佇むことになるのだ。

はしがき　幻影の人と女

自分を分解してみると、自分の中には、理知の世界、情念の世界、感覚の世界、肉体の世界がある。これ等は大体理知の世界と自然の世界の二つに分けられる。

次に自分の中に種々の人間がひそんでいる。先ず近代人と原始人がいる。前者は近代の科学宗教文芸によつて表現されている。また、後者は原始文化研究、原始人の心理研究、民俗学等に表現されている。

ところが自分の中にもう一人の人間がひそむ。これは生命の神秘、宇宙永劫の神秘に属するものか、通常の理知や情念では解決の出来ない割り切れない人間がいる。

これを自分は「幻影の人」と呼びまた永劫の旅人とも考える。

この「幻影の人」は自分の或る瞬間に来てまた去つて行く。この人間は「原始人」以前の人間の奇蹟的に残つている追憶であらう。永劫の世界により近い人間の思い出であろう。

永劫という言葉を使う自分の意味は、従来の如く無とか消滅に反対する憧憬でなく、寧ろ必然的に無とか消滅を認める永遠の思想を意味する。

路ばたに結ぶ草の実に無限な思い出の如きものを感じさせるものは、自分の中にひそむこの「幻影の人」のしわざと思われる。

次に自分の中にある自然界の方面では女と男の人間がいる。自然界としての人間の存在の目的は人間の種の存続である。随ってめしべは女であり、種を育てる果実も女であるから、この意味で人間の自然界では女が中心であるべきである。男は単におしべであり、蜂であり、恋風にすぎない。この意味での女は「幻影の人」に男よりも近い関係を示している。

これ等の説は「超人」や「女の機関説」に正反対なものとなる。

この詩集はそうした「幻影の人」、そうした女の立場から集めた生命の記録である。

西脇順三郎

昭和二十二年四月

あまりにも有名な『旅人かへらず』の「はしがき・幻影の人と女」であるが、西脇詩学の鉱脈として、またその中枢を形成する詩想の源泉としてあえてこの場で評釈を試みたい。

このマニフェストのような文章には、西脇の精神的領域の多くを占める「古代」が「幻影の人」という在る種の「まれびと」によって、その存在意義と背景とがある程度明らかにされていることが述べられている。

みずからのなかに「原始人」がいるという発想は、無論一般的なものではない。しかし、西脇が操るこの発想の内側には、「古代」と「現代」とを直線的につなぎ、「現代の中に古代を発見する」という折口信夫の古代学にも通じる思念が隠されている。

つまり、西脇が説く「原始人」とは、原始時代に生きた人間のみを指すだけではなく、奇跡的に残っている原始時代の記憶を現代へと継承する役割を担う存在（現存する人間の部分）であり、結果として「幻影の人」を誕生させる母体としての使命を持つ存在でもある。そして通常の理知や情念だけでは把握し理解することが極めて困難な「幻影の人」とは、人間に永遠を感じせしめるものであり、極めて瞬間的な存在でもある。

西脇は『古代文学序説』の「結語Ｉ」において「幻影の人」を「人間の存在それ自身に淋しさを感じ、人間の存在は孤獨であると感ずる」ためのものであると規定している。つまり、西脇は永遠（永劫）という時空において絶対的に卑小であり、有限である人間存在の本質を、人間自身に知らしめるのが「幻影の人」であると説く。さらに注目すべきは同著の「結語Ｉ」において西脇は、「幻影の人」を「十九世紀の進化論に基づく原始文化研究とは反対の方向を行く一つの原始人研究」であると位置づける。

つまり、「幻影の人」とは科学的進歩を続ける現代とは最も遠い時空に存在し、人間の実感や感性の部分に大いに依拠する存在であると共に、古代を貫通し現代に至る通時的な存在でもある。これはエビデンスを尊ぶ現代においては最も白眼視される性質を帯びているとも言える、極めて人間的な脆弱な認識の下に産み落とされた存在でもある。

「幻影の人」とは、「路ばたに結ぶ草の実に無限な思ひ出の如きもの」に価値を感じない現代の科学至上主義においては影の薄い存在であることは否めないが、現代を生きる人間の精神が科学的根拠のみを背景にして存立し得ないこともまた、現代人が共通認識として密かに自覚しているのも事実だ。

最後に西脇は『旅人かへらず』を、「この詩集はそうした「幻影の人」、そうした女の立場から集めた生命の記録である。」と述べ、人間の種の存続の中心となる「女」が「幻影の人」により近い存在であると主張する。たしかに『旅人かへらず』の作品のなかには無数の「女」が登場する。「女」たちは渡し場にしゃがみ、まゆをひそめて窓から顔を出し、「まっすぐに戻られよ」と囁く。『ambarvalia』が「女神」の歩行を基軸としているのに対して、『旅人かへらず』は「女神」が化身した「女」が寂寥感を漂わせながら時折、顔を出す詩集であると言えよう。

太田昌孝

西脇順三郎 略年譜

一八九四（明治二七）年 一月二〇日	小千谷市（現・平成一丁目屋号「西清」）に生まれる。
一九〇〇（明治三三）年四月	小千谷尋常高等小学校に入学。
一九〇八（明治三九）年四月	新潟県立小千谷中学校（現・小千谷高等学校）に入学。
一九一一（明治四四）年三月	小千谷中学校卒業。画家を志望し、上京藤島武《たけ》二《じ》の内弟子となり、白馬会に入会したが、当時の画学生の気質になじめず、画家志望をあきらめる。
一九一四（大正三）年四月	慶應義塾大学理財科に入学（大正六年卒業）。
一九二二（大正一一）年 七月七日	英語英文学・文芸批評・言語学研究のため、慶應義塾大学留学生として横浜出港。北野丸を一時下船して、カイロ市内を観光。八

一九二三（大正一二）年七月	月末、ロンドンに到着する。鈴木重信と共にスコットランドを旅行（エジンバラ、グラスゴー、オーバン、インバネス）。
九月	オックスフォード大学ニュー・カレッジ入学。古代中世英語・英文を主として学ぶ。
一九二四（大正一三）年	パリでフランス印象派絵画に接する。七月、英国人画家マージョリ・ビッドルと結婚（昭和七年離婚）。
七月二五日	新婚旅行でウェスト・サセックス州セルシーに二週間滞在。
一九二五（大正一四）年八月	英文詩集『Spectrum《スペクトラム》』（ケイム・プレス社、自費出版）を刊行。ロンドンから帰国。
一九二六（大正一五）年四月	慶應義塾大学文学部教授に就任。
一九二七（昭和二）年	この頃より折口信夫との交流が始まる。

一九二九（昭和四）年一一月　『超現実主義詩論』刊。

一九三三（昭和八）年九月　詩集『ambarvalia《アムバルワリア》』刊。これによって詩人としての地位は決定的なものとなり、萩原朔太郎《はぎわらさくたろう》・室生犀星《むろうさいせい》などの称賛を受ける。

一九四七（昭和二二）年八月　詩集『あむばるわりあ』・『旅人かへらず』刊。

一九四九（昭和二四）年六月　『古代文学序説』により、文学博士の学位を受ける。

一九五三（昭和二八）年一〇月　詩集『近代の寓話』刊。

一九五七（昭和三二）年一一月　詩集『第三の神話』により読売文学賞を受ける。

一九六一（昭和三六）年　日本芸術院会員となる。

一一月

一九六二（昭和三七）年三月　慶應義塾大学文学部教授を退官。最終講義は「ヨーロッパ現代文学の背景と日本」（一月二七日）。

一九六四（昭和三九）年八月　小千谷市名誉市民となる。

一九七一（昭和四六）年一〇月　文化功労者に選ばれる。

一九七四（昭和四九）年　勲二等瑞宝章《ずいほうしょう》を受ける。

一九七六（昭和五一）年　西脇順三郎蔵書多数を小千谷市に寄贈。

一九七八（昭和五三）年六月　小千谷市立図書館開館と同時に「西脇順三郎記念室」を開設。

一九七九（昭和五四）年六月	詩集『人類』刊行、最後の詩集となる。
一九八二（昭和五七）年六月五日	午前四時二〇分、小千谷総合病院にて死去（満八八歳）。六月一五日市民葬。
一九八三（昭和五八）年七月	「西脇順三郎を偲ぶ会」発足。会報誌「幻影」刊行。
一九八五（昭和六〇）年六月	小千谷市山本山山頂に詩碑建立。一九九四（平成六）年生誕百年記念展を開催。
二〇一四（平成二六）年九月	小千谷市にて「西脇順三郎生誕一二〇年」の行事を挙行。（記念講演は諏訪哲史が担当。シンポジュウムは澤正宏・八木幹夫・大倉宏・加藤孝男・太田昌孝が担当。他に市内日吉町に詩碑を建立。澤・太田の共著で『西脇順三郎物語』を刊行）。

（小千谷市立図書館・町田祥子）

あとがき

例年に比べてかなり少なめの雪に覆われた小千谷の街をホテルの五階から眺めている。心のどこかで大雪を期待していた自分の心を分解すると、そこに見えて来るのは旅人の気楽な想いだ。かつてこの街に住んだ年には雪ほど厄介でふてぶてしいものはないと考えていたのに、人の心というものは実に曖昧で、身勝手なものである。

四年前の春、加藤孝男氏はロンドンへ留学し、私は国立長岡高専教授として新潟県に赴任し、小千谷駅近くのアパートに偶居を構えた。お互い同時に西脇順三郎と縁が深い街に住み、独居生活を始めることになったわけである。加藤氏の場合は一年という任期がはっきりしたものであったが、私の場合はそれが何年に及ぶものか、見当のつかない生活であった。

そのような足元の覚束ない毎日を慰めてくれたのは、日常生活のなかで目にする小千谷の風景であった。引っ越しの準備中、二女とコーラを飲みながら眺めた山本山の雪景色、船岡山の満開の桜、早乙女の季節に輝く水田、盛夏の信濃川を見下ろす深地の崖、山寺の低山を照らす月明り、重く垂れこめた黒雲と小千谷高校の落葉、そして遠雷と共に訪れた雪の日々。

そのどれもが太平洋側の温暖な町で過ごした私には新鮮であり、受け止めねばならない日常でもあった。そしてその日常のなかで生きることが西脇詩の基層にある絶対的な現実を追体験するという貴重な機会でもあった。

冬、偶居の炬燵で暖を取りながら、遠いロンドンにいる加藤氏のことを考えた。黒いコートでロンドンを闊歩し、パブでビールを飲む姿が何度も浮かんだ。私は駅前の「小千谷そば和田」で、きのこ蕎麦を肴に「越の白雁」を一合だけ飲む自分の姿や、長靴を履いた小見山氏と雪道を歩きながら西脇生誕一二〇年のことを話し合った寒い夜の風景を、加藤氏のロンドンでの姿と重ね合わせてみることを何度も試みた。人間の生の偶然性、そして西脇の聖地へ旅に出た二人の胸に、西脇順三郎という共通の巨星が輝いていることの不思議を想い、一人苦笑したこともある。その日々の断片は三年半を経た今でも色褪せることはない。

今回、「新潟日報」に一年半連載した「聖地をたずねて」を一冊にまとめ、加藤氏と共に上梓することになった。ロンドンと小千谷に身を置いたわれわれの眼や耳が、西脇の放つポエジーに操られながら実はある一つの定点を見据えていたことに気づいていただければ幸福この上ない。

この出版（新聞掲載）の契機となる拙著の出版記念会が名古屋市伏見のパブ「英吉利西屋」において企画されたのは二〇一三年二月のことであった。二次会を終え、寒風の吹く街を歩き、伏見駅八番出口に辿り着いた時、参加者の一人が「加藤さんと太田さんは奇しくも同じ年に西脇の聖地に行くわけだ」と口走った。その言葉を聴いた加藤氏と私が、共にほくそ笑んだことは言うまでもない。これが本著誕生の秘話である。

最後に、本著の刊行に際し、ご尽力いただいたクロスカルチャー出版の皆様、新潟日報社の橋本佳周氏、高内小百合氏、ブックカバーのデザインを担当してくれた熊谷妃菜さん、鈴木七海さん（共に名古屋学芸大学メディア造形学部三年生）、そして貴重な写真等をお貸しいただいた小千谷市立図書館の方々に感謝の意を捧げたい。

また、本著の源泉とも言える拙著の出版記念会を企画してくださった故大島龍彦氏（名古屋学芸大学教授）の魂が永劫に安らかなることを祈る。

太田昌孝

加藤孝男（かとう　たかお）

歌人。東海学園大学教授。1960年、愛知県に生まれる。中京大学大学院文学研究科博士課程満期退学。博士（文学）。カイロ大学客員教授を経て、現職。「言葉の権力への挑戦」で現代短歌評論賞。著書に『近代短歌史の研究』（明治書院）他。歌集に『十九世紀亭』（砂子屋書房）など。論文に「西脇順三郎と前衛短歌運動」他多数がある。2013年、ロンドン大学客員研究員として渡英。

太田昌孝（おおた　まさたか）

愛知県生まれ。博士（人間文化学）。名古屋市立大学大学院人間文化研究科博士後期課程修了。国立長岡高専教授を経て名古屋短期大学教授。日本現代詩人会会員。著書に『西脇順三郎と小千谷―折口信夫への序章―』（風媒社）、『西脇順三郎論―〈古代〉そして折口信夫―』（新典社）、『西脇順三郎物語』（共著、小千谷市教育委員会）他。

詩人 西脇順三郎　その生涯と作品　　CPCリブレNo.7

2017年5月31日　第1刷発行

著　者　加藤孝男・太田昌孝
発行者　川角功成
発行所　有限会社　クロスカルチャー出版
〒101-0064　東京都千代田区猿楽町2-7-6
電話03-5577-6707　FAX03-5577-6708
http://crosscul.com
装　幀　熊谷妃菜・鈴木七海
印刷・製本　シナノパブリッシングプレス

ISBN978-4-908823-16-9　C0095 Printed in Japan

好評既刊

エコーする〈知〉 CPCリブレ シリーズ

A5判・各巻本体1,200円
No.1〜No.4

No.1　福島原発を考える最適の書!!

今 原発を考える－フクシマからの発言

●安田純治（弁護士・元福島原発訴訟弁護団長）
●澤　正宏（福島大学名誉教授）
ISBN978-4-905388-74-6

3.11直後の福島原発の事故の状況を、約40年前すでに警告していた。原発問題を考えるための必備の書。書き下ろし「原発事故後の福島の現在」を新たに収録した〈改訂新装版〉

No.2　今問題の教育委員会がよくわかる、新聞・雑誌等で話題の書。学生にも最適!

危機に立つ教育委員会　教育の本質と公安委員会との比較から教育委員会を考える

●高橋寛人（横浜市立大学教授）
ISBN978-4-905388-71-5

教育行政学の専門家が、教育の本質と関わり、公安委員会との比較を通じてやさしく解説。この１冊を読めば、教育委員会の仕組み・歴史、そして意義と役割がよくわかる。年表、参考文献付。

No.3　西脇研究の第一人者が明解に迫る!!

21世紀の西脇順三郎　今語り継ぐ詩的冒険

●澤　正宏（福島大学名誉教授）
ISBN978-4-905388-81-4

ノーベル文学賞の候補に何度も挙がった詩人西脇順三郎。西脇研究の第一人者が明解にせまる、講演と論考。

No.4　国立大学の大再編の中、警鐘を鳴らす１冊!

危機に立つ国立大学

●光本　滋（北海道大学准教授）
ISBN978-4-905388-99-9

国立大学の組織運営と財政の問題を歴史的に検証し、国立大学の現状分析と危機打開の方向を探る。法人化以後の国立大学の変質がよくわかる、いま必読の書。

No.5　いま小田急沿線史がおもしろい!!

小田急沿線の近現代史

●永江雅和（専修大学教授）
●A5判・本体1,800円+税　ISBN978-4-905388-83-8

鉄道からみた明治、大正、昭和地域開発史。鉄道開発の醍醐味が<人>と<土地>を通じて味わえる、今注目の１冊。

No.6　アメージングな京王線の旅

京王沿線の近現代史

●永江雅和（専修大学教授）
●A5判・本体1,800円+税　ISBN978-4-908823-15-2

鉄道敷設は地域に何をもたらしたのか、京王線の魅力を写真・図・絵葉書入りで分りやすく解説。年表・参考文献付。

Cross-cultural Studies Series クロス文化学叢書

第１巻　互恵と国際交流

●編集責任　矢嶋道文（関東学院大学教授）
●A5判・上製・総430頁　●本体4,500円+税　ISBN978-4-905388-80-7

キーワードで読み解く〈社会・経済・文化史〉15人の研究者による珠玉の論考。用語解説を付して分かり易く、かつ読み易く書かれた国際交流史。グローバル化が進む中、新たな視点で歴史を繙き、21世紀における「レシプロシティーと国際交流」のあるべき姿を探る。いま注目の書。

第２巻　メディア－移民をつなぐ、移民がつなぐ

●編集　河原典史（立命館大学教授）・日比嘉高（名古屋大学准教授）
●A5判・上製・総420頁　●本体3,700円+税　ISBN978-4-905388-82-1

移民メディアを横断的に考察した新機軸の論集　新進気鋭の研究者を中心にした移民研究の最前線。メディアは何を伝えたか―。新聞・雑誌以外の多岐にわたるメディアも取り上げた画期的なアプローチ、広い意味での文化論の領域においての考察、移動する人と人をつなぐ視点に注目した16人の研究者による珠玉の論考。